小詩磨坊

泰華卷 **❷**

THAILAND

◆ 林煥彰 ◆
主編

六行之內的奇蹟
——湄南河畔的「小詩磨坊」

計紅芳

一

　　2007年12月7日的一個上午，我應邀參加了泰華「小詩磨坊」的聚會，在嫋嫋茶香中，一群詩人互相交流詩作，並探討「小詩磨坊」第2輯的出版。在這氣氛熱烈的討論中，我親身感受了小詩磨坊各位成員的個性，以及他們對詩歌藝術的執著追求。他們是曾心、嶺南人、博夫、苦覺、藍燄、楊玲，還有因事無法趕到的今石和住在臺灣的林煥彰。

　　說起泰華「小詩」，臺灣著名詩人林煥彰功不可沒。幾十年來他一直癡迷於六行小詩的創作，積累了豐富的藝術經驗。2003年元旦起，林煥彰利用他任職於泰國、印尼《世界日報》副刊的便利，積極開闢「刊頭詩365」專欄，大力倡導小詩創作，從而延續了1933年林蝶衣《破夢集》出版後斷裂了半個多世紀的泰華小詩傳統並使其重放光彩。而「小詩磨坊」的成立，則是因為2006年7月1日，詩人曾心新落成的「小紅樓」藝苑中，加蓋了一座六角涼亭，他為了讓泰華喜愛寫作小詩的朋友，能有一個固定場所可以不定期聚會、切磋，便將該亭取名為「小詩磨坊亭」，林煥彰題寫，苦覺刻字，橫匾掛於亭中。

同時，林煥彰在《世界日報》副刊增闢「小詩磨坊」專欄，專刊探討小詩寫作的文章。9月18日，博夫創建「小詩磨坊博客」（http://blog.sina.com.cn/mofang2007），進一步向空中發展。如今，「小詩磨坊」紅紅火火，幾代詩人共同打磨，流進湄南河，流進長江黃河，流進世界華文文學之河。

二

　　小詩原是指20世紀20年代初期中國大陸最為流行的一種詩歌體式，這種詩體是一種即興式的短詩，一般以三五行為一首，表現作者剎那間的感興，寄寓一種人生哲理或美的情思。冰心、宗白華是為代表。對於小詩的外在形式，說法不一，周作人認為應是一至四行，羅青主張16行之內，張默主張10行之內，洛夫主張12行之內，林煥彰主張6行之內，也有主張3行之內的，如四川重慶詩人提倡的微型詩。泰華小詩由於林煥彰的倡導其基本形式控制在6行之內。但不管行數多少，小詩的最基本的特徵就是「小」，也即「精煉」，尺水興波，以有限示無限。

　　走進泰華「小詩磨坊」，感受到的是「鳥唱、花舞、風彈琴」（藍燄）的清新自然、「柳守著堤岸」（楊玲）的忠貞情感、「佛即是我」（曾心）的淡定從容、「枕頭起來工作」（博夫）的忙碌、「一樹樹的黑閃電」（苦覺）的孤獨、「山，尿尿了」（林煥彰）的童趣、「地球怪指」（今石）的生態關注、「銅像有淚、廣場無言」（嶺南人）的歷史沉重等豐富的蘊涵。曾心曾經對小詩的內容和題材做過細緻的歸類，有詠史詩、政治詩、詠物詩、愛情詩、哲學詩、山水詩、田園

詩等，自己也身體力行地進行多種題材的小詩創作，已經出版了《涼亭》集，反響巨大。

小詩磨坊八位詩人所創作的小詩，概括而言，不外乎兩大類：抒情小詩和哲理小詩。

就抒情小詩而言，多半是詩人個體生活天地的人生詠歎，友情、愛情、親情、鄉思、離愁等等。雖沒有一般詩歌表現得那麼宏大深遠，但真摯的感情、清妙的審美意趣，往往給人以深遠的審美想像。

如：嶺南人的〈寄〉：

> 聽說，你那裡／已經下雪了／我這裡，風還是三月的風／陽光還是三月的陽光／／夾在厚厚的信封裡／／捎給你一片佛國的陽光。

冬天與三月、白雪與陽光的鮮明對比，作者抓住陽光的本質，透過詩眼「寄」，竟把我對你的深情寫得如此溫馨靈動。

苦覺的〈別〉：

> 你走的時候，下著雨／我把牆上／掛了多年的帽子給你／／在遠處的釘子上／我發現，還有頂／取不下來的白帽子。

離別本不捨，「下著雨」，更讓人覺得悽楚，人走了，情猶在，正如那頂深深釘在牆上的「取不下來的白帽子」。詩人把自己的主觀情思和一腔想念寄寓在「取不下來的白帽子」中，令人產生無限的離愁別緒，並給讀者留下無限的遐思。

再如今石的〈垂柳〉：

> 從吳王宮裡出來，蓮步緊移／佇立湖畔，蛾眉緊蹙頭低
> 垂／兩行清淚落地，點成萬翠／造就這驚天動地一泓碧
> ／只有春風催心化綠，得神彩飛逸／沒有翠，就只有
> 垂，垂，垂。

詩人抓住「垂柳」之形態，幻化為「蛾眉緊蹙頭低垂」的
女子，創造出幽怨淒美的意境，令人遐想。

在抒情小詩中，有相當數量的寫景詩，這一幅幅的景物速
寫，光色淡雅清麗、意象生動、旋律優美，再現了詩人的微妙
審美體驗，給人以美的沉醉。

如博夫的〈靈動的山村〉：

> 嫋嫋炊煙／像一條潔白的哈達／／晚風輕輕一吻／／天
> 空就出現了無數隻綿羊／山村頃刻靈動了。

嫋嫋炊煙，藍天白雲，好一幅寧靜的山村薄暮圖！置身於
此，猶如人間仙境。那輕輕的一個「吻」，輕柔熨貼，「山村
頃刻靈動了」，動靜相宜，詩中有畫。大自然賦予人間如此美
景，未飲先醉了。詩人用一顆敏感的心感受著山村的靜謐和靈
動，以優美委婉的筆觸歌詠未被物化的幽靜清麗的大自然，此
情此景，美輪美奐，不由讓人駐足欣賞，流連忘返。

這些詩，雖三言兩語，卻準確地把握住景、物、事的本
質，勾勒出生動的畫面，創造了鮮活的審美意象，營造了詩意
盎然的意境。詩人們用敏銳的心靈捕捉偶然漂浮到心頭而又隨

即消逝的剎那間的獨特審美感受，給人以某種審美情趣和無盡聯想。

另外一類則是哲理小詩，主要抒寫富有詩情的哲理體驗。詩人以哲人之眼，從平凡的小事物、小景致中，引發出某種富有詩情的人生哲理體驗，給人以有益的知性啟悟。

如今石〈看山〉：

> 去，在／自己／看不見／自己。

短短四行，九個字，化用了蘇軾的〈題西林壁〉「不識廬山真面目，只緣身在此山中」的詩意，卻又不拘一格，自成一家。每個人都是一個「存在」，而當他融入更大的「存在」時，他便「看不見自己」了，存在與虛無的哲學命題由此顯現。

又如楊玲的〈看世界〉：

> 我在窗前看窗外的白雲／窗外的白雲在窗前看我／／我在看世界時／世界也在看我。

看與被看、主體與客體的辯證關係，融化在佇立窗前看世界的「我」身上，寄寓著人生的哲理和生活的睿智。

在哲理小詩中，有相當數量的詩跟「佛」有關。泰國是一個佛的國度，人們潛心向佛，修身養性，從容平和。在詩人筆下，「佛」不僅是一個具象的存在，「一身翠綠」的玉佛、「枕一江濤聲」的臥佛、「四面來風」的四面佛，同時也成為融化在詩人生命形態中的存在。

請看曾心心中的「佛」：

> 在半閉半開的佛眼前／我一無所求／／從心靈的書架上
> ／掏出珍藏的佛經／──念誦再念誦／／我也是一尊佛。

盤膝打坐、閉目念誦、心靈澄澈，詩人也成了佛。寥寥數行，卻蘊含無限禪機。空即不空，不空即空，物我兩忘，虛實相生。詩人把哲理、佛理、睿智蘊藏於生動的意象中，帶人進入一個澄淨空明的境界。

三

小詩貴在「小」，故必須簡潔精煉，而意象又是詩歌藝術的精靈，無意象就無詩味，這就給六行之內的小詩提出了更高的要求。曾以四句〈斷章〉馳名中外的卞之琳這樣說過：「詩的語言必須極其精煉，少用連接詞，意象豐富而緊密，色澤層迭而濃淡入微，重暗示，忌說明，言有盡而意無窮。」小詩磨坊的詩人對意象的經營非常用心，他們擷取生活中的小浪花、小片段、小場景，融進作者的主觀情思，運用象徵和隱喻等手法抒寫剎那間的審美感受，寄寓著某種人生哲理或美的情思，景、情、理的融合常常會使小詩收到意想不到的審美效果。

在意象的處理上，詩人或者先有情思，然後借用物象言之，謂之情思的物態化。

如苦覺的〈黑閃電〉：

到了，八月十五／一年的鄉思熟透了／風光輕輕的一碰
／愁緒就落了一地／／只剩下一樹樹的枝丫／一樹樹的
黑閃電。

佳節又中秋，遊子思鄉切。羈旅天涯的孤獨寂寞，就像那
「一樹樹的黑閃電」淒清孤絕，令人頓生憐愛與柔情。或者先
有物象，然後託物象以抒懷，謂之物象的情思化。

如藍燄的〈雪〉：

你告別南方而歸化北國／帶著雲的碎片及鳥的羽毛／染
白了山川野曠／／一切回歸於／無……

雪的輕盈、雪的潔白，詩人妙觀逸想，質本潔來還潔去，
「一切回歸於無」，意境深遠。

要而言之，不管是哪一種意象的經營，詩人的主觀情思和
客觀物象相契合，給人一種特有的情趣美和哲思美。

在速食文化盛行的今天，小詩以精小取勝，除了語言的
簡潔精煉，藝術構思的精巧，意象的精心經營以外，泰華小詩
形式自由，變化多樣，分行與分段的試驗花樣翻新，有四二、
三三、三二、二一、二二、二三、二四、二一二、二二二、
二三一、一二、一三、一三二等多種形式，字、句、段放到合
適的位置，賦予合適的形式，整首詩也就靈動起來了。

如林煥彰的〈木耳〉：

樹，長出耳朵；／聽，／／寂靜的聲音。

　　此詩分為兩段，屬「二一」形式。「耳朵」——「聽」——「聲音」，所以「聽」不僅可以作為上段的結束，也是下段的開始，妙哉！更妙的是，耳朵聽到的卻是「寂靜」，再一看題目《木耳》，恍然大悟。詩人運用擬人化的手法賦予「木耳」美的情思，使它鮮活地呈現在讀者面前了。

　　「一首小詩，是一個玲瓏剔透的宇宙。／一首小詩，是一片茂林修竹的風景。／一首小詩，是一幅氣韻生動的素描。／一首小詩，是一抹隱隱約約的水聲。」（張默：《小詩‧床頭書》，臺北爾雅出版社，2007年3月版。）這何嘗不是說泰華小詩呢？

　　寫詩難，堅守更難，小詩磨坊集體磨詩、堅守，更是難上加難。林煥彰的童趣、嶺南人的睿智、曾心的質樸、博夫的豁達、今石的豪爽、楊玲的清新、苦覺的瀟灑、藍燄的激情，猶如八仙過海，各顯神通。他們個性不同，風格各異，但是為著心中的繆斯，走到一起，癡心不改，真是「為伊消得人憔悴，衣帶漸寬終不悔」啊！

　　在林煥彰心中，詩就是他的一切，他說：「除了詩，我什麼都沒有；有了詩，我什麼都有。」在嶺南人看來，詩是他心中的愛，心中的神，「以敬神得心，肅然走向詩。詩與我常在。」顯然，在詩人眼裡，詩就是精神家園，是其靈魂的棲息地。寫作已經成了他們生命中不可缺少的內容，成為撫慰、安頓自己心靈的方式。也正因為此，磨坊的詩人們即使在各個領域奮戰廝殺、忙於為五斗米折腰時，也依然堅守在這塊綠地上，「用心尋找流動的詩行」。不管天高地厚，前途艱險，那只「戴著帽子、拄著拐杖、拿起測量儀器、做驚天動地的勘察」的「龜」不正是小詩磨坊成員的生動形象的集體寫照嗎？

在人類現代化的過程中，物質主義的侵蝕導致精神和信仰的缺失。於是詩歌承擔著淨化靈魂、完善人格的責任和使命。無論過去還是現在，詩歌都是不可或缺的存在，它是滋潤生命的雨露和照耀人性的光芒，只有它能用純粹精煉的語言，把宇宙中的一切之物昇華為美。詩歌站在人類精神世界的前沿，永遠與人類精神生活中一切永恆的主題緊密相連。小詩詩體雖則短小，卻同樣擔此重任。

遺憾的是，在消費文化流行天下的時代，詩歌依然是「票房毒藥」，隨著林煥彰2006年11月辭去《世界日報》副刊主編的職務，以「刊頭詩」形式出現的泰華小詩也就不在媒體存在。但詩人們的「龜的決心」未變，依然不停地磨啊磨，作為詩人集體成果展示的《小詩磨坊》的第1輯已於2007年7月出版，第2輯即將問世，「小詩磨坊」的博客點擊率已經突破5萬大關，這些不正展現出泰華小詩的美好未來嗎？

和其他種類的詩歌相比，小詩只是一個小宇宙，它捕捉的是生活中瞬間閃光的詩美感覺，但也同樣可以承擔豐富的人性內涵和現實旨向。小詩磨坊除了少數幾位詩人關注現實之外，大部分詩人只是擷取日常生活的點滴感興，或拘泥於狹小的情感世界，因而小詩的藝術空間顯得有些狹小。我們期待著泰華小詩沿著已經開創的道路越走越遠、越走越寬！

計紅芳
江蘇常熟理工學院副教授，文學博士。從事中國現當代文學及世界華文文學研究。現任教於泰國朱拉隆功大學東語系。

【代序言】

目次

嶺南人卷

曾心卷

❀ 目次 ❀

林煥彰卷

博夫卷

今石卷

楊玲卷

目次

苦覺卷

藍燄卷

嶺南人卷

嶺南人，本名符績忠，1932年10月生於海南文昌。畢業於山西大學中文系。業餘寫詩寫散文，發表於海內外報刊。短詩〈歷史老人扔下的擔子〉，入選《新詩三百首》。出版詩集三冊：《結》、《嶺南人短詩集》、《我是一片雲》，散文集《看山》和符徵合著。歷任泰華寫作人協會副會長，泰國華文作家協會、泰國文藝作家協會、泰華新詩學會副會長，泰國文學藝術會會長，世界華文詩人筆會副秘書長。

臥佛　　　嶺南人

枕
一江濤聲
一臥千年

一覺醒來

濤聲依舊
風聲依舊

回到童年

夢裡，又回到故鄉——

與一群小童，一身赤裸裸
在河中打水戰
水花飛濺……

淋濕了喧鬧聲

〈詩外〉人老了，童心未老，夢裡夢外，還常常回到童年。（嶺南人）
〈點評〉下一「淋濕」，全詩皆出。（呂進）

共傘

風雨中，兩隻手
撐起一把雨傘
並肩
同行——

傘外，有雨
傘內，無雨

〈詩外〉與愛同行，何怕雨驟風狂，何怕道路崎嶇泥濘。（嶺南人）
〈點評〉愛就是人生道路的傘。（呂進）

山

一左
一右
兩座小山——
把中間那山峰
如轎拱起，矗入雲天

一隻蒼鷹。擦身飛過——

〈詩外〉無左，無右，便無「中」；居中，才能正大。（嶺南人）
〈點評〉此中有哲理。（呂進）

一片楓葉

風過處，夕照中
一片楓葉，乘著秋風
飄飄揚揚，飄回大地

天空，悠然飄過
飄逸的身影

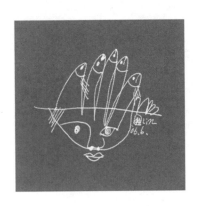

〈詩外〉人生苦短，何不瀟灑走一回。（嶺南人）
〈點評〉大地是楓樹的母親。回到母親懷抱，既是楓葉的宿命，也是楓
　　　　葉的幸福。（呂進）

香港腳

癢，自腳趾起
抓也不是
不抓也不是

不抓，是一種難忍的癢
抓，是一種刀割的痛

猶如愛情

〈詩外〉愛情是永恆的課題，各有各的感受。（嶺南人）
〈點評〉佳篇。愛情的別一番滋味，別一番言說。（呂進）

寄

聽說，你那裡
已經下雪了

我這裡，風還是三月的風
陽光還是三月的陽光

夾在厚厚的信封裡
捎給你一片佛國的陽光

〈詩外〉對愛的思念，各有各的說法。（嶺南人）
〈點評〉通體陽光的詩。寄來的佛國陽光照亮詩箋，照亮北國朋友的
　　　　心。（呂進）

古老的秋千

古老的秋千場，矗起
一架新的千秋

蕩起一道又新又舊的風景
引來千萬驚喜的眼睛

看誰？在起起落落的飄蕩中
留下千秋的身影

〈詩外〉秋千是舞臺，看誰蕩得瀟灑。（嶺南人）
〈點評〉妙在「秋千」與「千秋」，漢語方有此妙處。（呂進）

靈感

二月，櫻花燦爛

一樹春光春色

一隻黃鶯，跳躍在花間

靈光一閃

快如閃電

飛走了──

〈詩外〉靈感無形無象，我為它畫像。（嶺南人）

〈點評〉靈感不請自來，靈感稍縱即逝，此是懂得詩歌三昧的行家語。
　　　　（呂進）

風的風姿

想知道
風的風姿

問旗
問風帆，問風箏
問屋簷下的風鈴

〈詩外〉以有形繪無形，以有說無。（嶺南人）

〈點評〉對於「道不出」，詩的對策是「不道出」。像劉熙載所說：
「山之精神寫不出，以煙霞寫之；春之精神寫不出，以草木寫
之。」這裡，風無形狀不上筆，巧借他物相形容。（呂進）

瓶說

一身空空
一無所有

無牽
無掛

我自由了！
空了的瓶說

〈詩外〉取多了是負累，能捨，便身輕如燕。（嶺南人）
〈點評〉懂得「瓶」者，自懂得旨趣高遠的人生。（呂進）

銅像

暮色
越逼越近

把廣場上一尊銅像
抹一身烏鴉的顏色

銅像有淚
廣場無言

〈詩外〉立銅像，不如立功、立德、立言。（嶺南人）
〈點評〉此中有真意，欲辨已忘言。（呂進）

街景

從街頭到街尾
人行道愈走愈窄

路，給形形色色的車霸佔了
人，越過馬路
越過斑斑的斑馬線
匆匆，如過江的魚

〈詩外〉描其景，藉景寄愁。（嶺南人）

〈點評〉詩須到家。所謂到家者，言在意外，雖淺而深。請讀這首短
　　　章。有歎息，有悲痛，但全在畫面之外。（呂進）

水・火

你是水

我是火

火在水中燃燒
水在火中沸騰

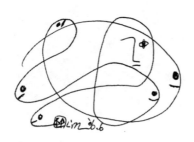

〈詩外〉水火，一陰一陽，陰陽相配，萬物乃生。（嶺南人）
〈點評〉相反相成，世界之根本道理。（呂進）

清明雨

如淚滴，紛紛的清明雨
淋濕母親墳頭
萋萋的青草

我的思念，隨墳頭青草
年年
綠

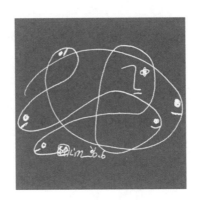

〈詩外〉情真，思乃切。（嶺南人）
〈點評〉雨與淚，草與綠，深深的詩情一時多向筆端收。（呂進）

默默，他走了
——憑弔老報人

如嫋嫋的青煙
默默，他走了

苦澀的一生
一隻張口的破鞋說了一半
一管廝守一生的筆說了另一半

〈詩外〉老報人，苦澀一生，一聲長歎！（嶺南人）
〈點評〉「詩」在古希臘語中的原意是「精緻的講話」。有不解此意
　　　者，請讀此詩。（呂進）

網與魚

臉上，縱橫的皺紋
是歲月編織的網

你，我
都是網中的
魚

〈詩外〉人也如魚，難逃歲月之網。（嶺南人）
〈點評〉從「皺紋」到「網」，詩人匠心獨具。（呂進）

坐，是一座山
——贈友

坐，是一座山
行，是一條河

仰望山
高山仰止

走向河，跟著河走
走向海，匯入海

〈詩外〉仰望高山，才覺得自己的矮小。（嶺南人）
〈點評〉靜止的山，流動的河。靜止的生活，流動的一生。（呂進）

一朵櫻花

打開緊閉的窗
一朵櫻花隨風飛來

淡淡的紅，淡淡的紫
一片春的氣息

輕輕，把春撿起
輕輕放在枕邊

〈詩外〉親近春光春色，讓人青春永駐。（嶺南人）
〈點評〉櫻花一朵開無主，可愛淺紅更淺紫。（呂進）

柳（之一）

織網，以絲絲柔情
把網　撒向
河心

撈起網，水淋淋
竟是
一片月色

〈詩外〉以柳絲織網，不撈魚，只撈月色。（嶺南人）
〈點評〉情中象，柳竟是「一片月色」。動中有靜。（呂進）

柳 (之二)

翩翩，乘風起舞
婀娜的倩影
投影在波心

魚，紛紛浮出水面
吞吃婀娜的倩影
激起水花飛濺⋯⋯

〈詩外〉無理而合情，有情方有詩。（嶺南人）
〈點評〉象中情，魚是傳情者。靜中有動。（呂進）

樹說

河拉著岸走
岸拉著樹走

樹說
你走，我不走
我的根，不讓我走

〈詩外〉樹說，說出人的心願。（嶺南人）
〈點評〉寓萬於一，以一馭萬。「根」，凝結了多少世代的情誼。（呂進）

井

肚臍眼，是一口
井

星星似貪玩的小孩
失足落井，爬了半天
也爬不上來

〈詩外〉情為何物，慾為何物，可問肚臍眼。（嶺南人）
〈點評〉肚臍眼入詩，少見。但這裡「徑路絕而風雲通」，見出詩人功
　　　力。（呂進）

葉落無聲

深山空無一人
葉落無聲

只聞鳥鳴啾啾……

葉落無聲
深山空無一人

〈詩外〉以有聲為無聲，愈顯其靜。（嶺南人）
〈點評〉首節與末節頗得回文之趣。以鳥鳴的有聲襯托深山的無聲，最
　　　妙。（呂進）

倒影

獨立河邊，放眼眺望
長尾船如鳥
飛來飛去

一群歸鳥，馱一身夕照
飛向蒼茫──
河水，留下它們的倒影

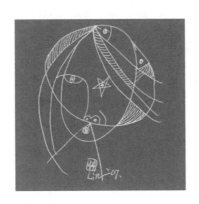

〈詩外〉鳥飛過，河水留下它的倒影，人呢？（嶺南人）
〈點評〉乾淨，無一多餘詞句。（呂進）

散步

河拖著岸散步
岸拖著樹散步
樹拖著鳥散步
鳥拖著雲散步

雲，拖著
天空散步……

〈詩外〉玩物喪志，玩詩可以修心養性。（嶺南人）
〈點評〉奇過則凡。而嶺南人的詩常常是凡中見奇。這不是初學詩者所
　　　　能到的境界。（呂進）

神女

睡，是夢
醒，燈紅酒綠

一生如夢
睡睡　醒醒
醒醒　睡睡

〈詩外〉人生，各夢其夢，各醒其醒。（嶺南人）
〈點評〉殘脂剩粉憐猶在，曾趁東風看幾巡。想到另一不相關的話題。
　　　　文善醒，詩善醉，醒醒醉醉，構成文學世界。（呂進）

金牛嶺山莊

　　讀一排排墓碑

　　如讀一張張名片

　　一張張蒼白的臉

　　仰起一片茫然

　　風吹草動，隱隱傳來

　　哭泣的聲音……

〈詩外〉金牛嶺山莊，乃海南會館轄下之墓苑，一排排的墓碑，如一張
　　　　張名片，讀後不勝感慨！（嶺南人）
〈點評〉這樣寫墓碑，入木三分。（呂進）

搖籃

搖籃裡，躺著我的童年
走出老家老屋，流落
天涯　海角

吊在屋樑上的搖籃
搖呀搖，蕩呀蕩
還蕩在我的夢裡

〈詩外〉搖籃，是人的血點。（嶺南人）
〈點評〉回望童年，猶如回望人生的故鄉。所以搖籃是詩的永恆主題。
　　　　（呂進）

樹與人

我家門前有一棵金急雨
二十年前,搬來的時候
還不到我的肩頭
現在,已爬上三樓

樹,高了
我,矮了

〈詩外〉以樹比人,一高一低,可知此中消息。(嶺南人)
〈點評〉一動一靜,詩情正在動靜中。(呂進)

碰見童年

回到夢裡的故鄉
在老屋冷冷清清的門前，碰見
童年的我，與村童跳繩

瞧見我，陌生的老人
瞪著驚奇的眼睛，轉身走了

醒來，枕邊有冷冷的淚滴……

〈詩外〉人老了，老夢老家。想回家，又怕回家。（嶺南人）
〈點評〉嶺南人這組詩多有對童年的憶念。其實對童年的憶念，就是對
　　　　純真的憶念，對美的憶念。（呂進）

曾心卷

曾心，學名曾時新，1938年出生於泰國曼谷，祖籍廣東普甯，廈門大學中文系畢業，後又深造廣州中醫學院。

出版《大自然的兒子》、《心追那鐘聲》、《給泰華文學把脈》、《涼亭》、《玩詩，玩小詩》等12部著作。作品在國內外多次獲獎，和選入教材。

現為泰國作家協會理事，《泰華文學》編委，廈門大學東南亞華文文學研究中心兼職研究員、泰國留學中國大學校友總會辦公室主任、泰華「小詩磨坊」召集人。

佛　　　曹心

在半闭半开的佛眼前
我一无所求

从心灵的书架上
掏出珍藏的佛经
——念诵再念诵

我也是一尊佛

石磨飛轉

八位志願者
把五千年的石磨推動
夜以繼日

春風迎來名師指點
石磨飛轉
磨出一個小詩的春天

〈詩外〉2008年2月5日上午，中國駐泰王國大使張九桓閣下到小詩磨坊
　　　亭喝茶談詩，在留言簿裡寫了：「精彩百年何處求／繁鬧之中
　　　有雅幽／筆拙難表襟下意／且待實果第二秋」。並題賜墨寶：
　　　「精彩在多磨」。（曾心）
〈點評〉好詩多磨。（呂進）

圍爐

想念那簡陋的老家
冬天，
一家人圍成的火爐
樂陶陶暖烘烘

不管外界雪飄冰封
爐裡恆溫總是一百度

〈詩外〉「辛福生於自己家的火爐，而不是來自陌生人家的花園。」
　　　（吉羅）
〈點評〉暖在爐裡、心裡。（呂進）

鳥的自由

地面太多交易
跳到樹枝上生活

啊！高空多自由
我正奮力飛起

忽聞背後有槍聲

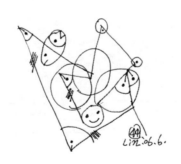

〈詩外〉過於自由，會有危險。（曾心）
〈點評〉有跳樓的自由，就有死亡的自由。（呂進）

知足

到大海會淹死
在缸裡會悶死

在噴泉底下
悠哉悠哉
充分展示自己的游技與亮麗

〈詩外〉詩人腦子須要不知足幻想，但生活卻要知足常樂。（曾心）

〈點評〉良田萬頃，日食一升；華宅千間，夜眠五尺。老子曰：知足者
　　　富。（呂進）

老樹的身影

　　鳥兒邀老樹同飛
　　它的頭搖得像風姿

　　鳥兒只好說聲「拜拜」
　　向高空獨自飛去

　　只見它偉岸的身影
　　依然傲立在微笑的國土

〈詩外〉越老越把頭低下，越熱愛自己的國土。（曾心）
〈點評〉國土情詩。（呂進）

佛

在半閉半開的佛眼前
我一無所求

從心靈的書架上
掏出珍藏的佛經
——念誦再念誦

我也是一尊佛

〈詩外〉一念清淨，即成佛。（曾心）
〈點評〉以無念為宗，即心是佛，見性成佛。（呂進）

瀑布

　X個水孩子
　從奇特絕壁奔出

　一級又一級
　歡樂地跳水

　浪花飛濺四季

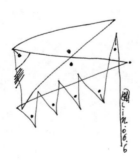

〈詩外〉詩人的情感如飛泉瀑布。（曾心）
〈點評〉詩人之情，不擇地而自出。（呂進）

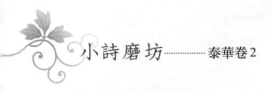
一尾魚的發現

當走投無路時
便向水面一躍
竟發現
一個比海更寬闊的天

那晚他做了個奇怪的夢：
自己的鰓換成了肺

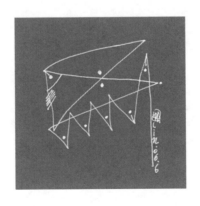

〈詩外〉寫詩到絕路時，要尋找「柳暗花明又一村」。（曾心）
〈點評〉人生常有這「一躍」。（呂進）

龜的決心

天有多高
地有多厚

龜戴著帽子
拄著拐杖
拿起測量儀器
決心做一次驚天動地的勘察

〈詩外〉烏龜的傻勁，不僅可愛，而且往往能幹出大事業。（曾心）
〈點評〉有知者知畏，畏天地，畏聖人之言。無知者無畏。（呂進）

螳螂的大腿

一個黑影撲來
它奮力一跳

觸鬚搓著大腿
覺得腳力尚好

昂首
向高空再作騰飛

〈詩外〉把握住自己，跌倒算什麼！（曾心）
〈點評〉「再作」精神，寶貴財富。（呂進）

記事本

有親戚從遠方來
問起祖輩的滄桑

我向門前一指：
請問那棵老樹
只見它像個歷史老人
慢慢地翻開千年記事本

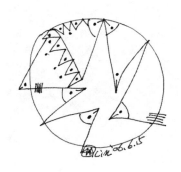

〈詩外〉莫直說。（曾心）
〈點評〉詩在詩外。恰是未曾落墨處，浩渺煙波滿目前。（呂進）

曾心卷

無緣

她要進來
傘還沒打開

我請她進來
她自己的傘已打開

兩把傘越走離得越遠
一把向左　一把向右

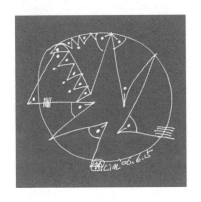

〈詩外〉雨傘，詩人喜歡作為託意的載體。（曾心）
〈點評〉萬事隨緣皆有味，煩惱總為強追求。（呂進）

月餅

把月光與濃情
揉捏成圓圓的月餅

一半敬天地
一半敬親友

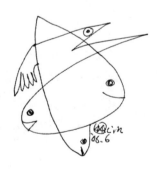

〈詩外〉天地是我們的父母。（曾心）
〈點評〉以月光與濃情做成月餅，妙語。（呂進）

螞蟻

從寒冷的黃土高原
搬到熱帶的黑土地
從充滿陽光的地上
搬到暗無天日的地下

「土窯」還沒建好
突悉今晚子夜洪水將氾濫

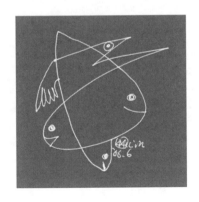

〈詩外〉螞蟻搬家，最容易聯想到移民生活。（曾心）
〈點評〉螞蟻的意象是創造。（呂進）

一顆星

滿天星斗

爺爺抱著剛滿歲的孫子
把著他的小手數星星
數來數去總少了一顆

奶奶笑道：你忘了
去年8月5日那顆星落我家

〈詩外〉泰國老華僑常說，能生活在泰國是天上有顆星。（曾心）
〈點評〉夜空被戳穿了一些洞，露出外面的光亮，它的名字就叫星星。
　　　　（呂進）

詩國夢

水上漂流的花瓣
是我心中的凋零

孤獨的我，茫茫然
漂到一個奇異的國度

哇！那兒不食五穀
全是五穀釀成的酒

〈詩外〉詩是五穀釀成的酒。（曾心）

〈點評〉文與詩均為五穀。文，炊而為飯，詩，釀而為酒。飯未變形，
　　　　滿足物質需求；詩已質變，與精神為伴。（呂進）

花語

沐浴雨淋的歡愉
與晨露接吻的甜蜜

芬芳被風帶走的怨言
花蜜被蜂偷去的詛咒

——這些花語
只有詩人聽到

〈詩外〉詩人能與大自然溝通，聽懂凡夫俗子聽不懂的話（曾心）
〈點評〉從無形中看出有形，從無聲中聽出有聲，詩人也！（呂進）

曾心卷

尋找

在黑夜行走
我用眼尋找
——曠野的螢火

在黑夜行走
我用心尋找
——流動的詩行

〈詩外〉無形的東西，詩人想見就能尋到。（曾心）
〈點評〉人類在，詩就在。（呂進）

價值

門前那棵老樹
要我把詩寫在綠葉上
好讓風朗誦

一陣狂風，紛紛飄零
清道夫把它掃進垃圾桶

哦！我的詩到哪兒了？

〈詩外〉價值在詩本身的蘊含。（曾心）

〈點評〉詩從（詩人的）內心走進（讀者的）內心。放在其他地方均不
　　　　可靠。（呂進）

看夜

漸漸地
藏到一塊大黑幕裡

唱一首〈陰之歌〉
演一齣〈幽之夢〉

幕後鑼鼓敲得震天響

〈詩外〉夜，詩人最容易與繆思對話。（曾心）
〈點評〉句句深夜得，心自天外歸。（呂進）

股票市場

一串數字進去
買個笑
一串數字出來
買個哭

哭──笑──哭的重疊
臉上竟成熱帶的雨季

〈詩外〉玩股老手說：十個賭，三個贏，七個輸。（曾心）
〈點評〉切莫把人生當股票。（呂進）

蝸牛

天上，總是看不到
地上，卻走出條條泥濘的路

〈詩外〉人人都有自己一條泥濘之路。（曾心）
〈點評〉蝸牛精神。（呂進）

春來了

地球發情
一股腦兒把天吐綠

風從天邊走來
敲著銅鑼：
春來了！春來了！

〈詩外〉在四季裡，人們最喜歡「春來了」這句話。（曾心）
〈點評〉詩是生命的言說。所以，由榮而枯的秋，由枯而榮的春，都得
　　　　詩的青睞：它們與生命的流動暗合了。（呂進）

湖邊垂柳

孤獨
站在湖邊
飲水

一陣清風
爽一身

〈詩外〉一首詩的完成，有如湖邊垂柳。（曾心）
〈點評〉詩者，寺人之言。（呂進）

柳與湖

依依垂柳
劃破水面的漣漪

清清湖水
攝下婀娜的身姿

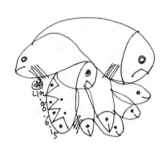

〈詩外〉美景是互相依賴和襯托而存在。（曾心）
〈點評〉喜寫柳，怒寫竹。（呂進）

自然友邦

三月裡
湄南河畔
燕子銜來柳枝

杭州西湖
正等它回歸

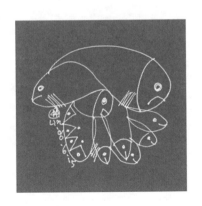

〈詩外〉西湖的燕子往往是鄰邦的使者。（曾心）
〈點評〉蜂蝶紛紛過牆去，卻疑春色在鄰家。（呂進）

雲的軟功

漂浮的生活
練就了我一身軟功

高山擋路
一層又一層

我輕輕地繞過
一程又一程

〈詩外〉看似沒什麼的軟功，一旦用上它，便是克敵制勝的法寶。（曾心）

〈點評〉中國文化的生存智慧，柔弱勝剛強。此是中國人的半夜傳燈
語。（呂進）

蛤蟆的眞實

其實
想吃天鵝肉
我未曾做夢過

一生不敢拋頭露面
只藏在穴洞巴望
夜裡有更多蚊子飛過

〈詩外〉人言可畏，時有顚倒是非的訛傳。（曾心）
〈點評〉藝術來自生活，又不是生活。不必計較。（呂進）

苦瓜

歷練　痛苦的
種子　甜蜜的

熬煎了一個季節
皺了

皺了一身
菜譜上才有了名字

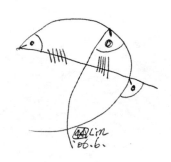

〈詩外〉在社會大餐桌上，好不容易才有自己的名字。（曾心）
〈點評〉「皺」是詩眼。（呂進）

油條

本來軟綿綿
熬煎後
赤裸裸
緊緊相抱

不管外界多熱鬧
此時，只有他倆

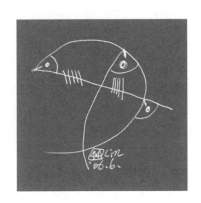

〈詩外〉不寫愛情，勝似愛情。（曾心）
〈點評〉從油條而悟出愛情，智慧！（呂進）

林煥彰卷

林煥彰,宜蘭人。1939年生,二十歲開始學詩、畫畫。

詩越寫越短,畫也越畫越簡單。

近年傾向於「遊戲」,提倡「玩文字,玩寫詩」。2003年元月起,在泰國、印尼《世界日報》副刊推動六行以內的小詩寫作;2006年7月1日和泰華詩友在曼谷設立「小詩磨坊」,探討小詩寫作。已出版著作有八十餘種,並有作品編入兩岸四地及新加坡國小學語文課本中。

部分作品被譯成英、日、泰、韓、德、意、荷、俄、印尼、蒙古、馬來等外文,並已出版中、英、韓、泰文對照詩集和圖畫書多種。

曾任泰、印《世界日報》副刊主編,現任《兒童文學家》發行人、《乾坤詩刊》發行人兼總編輯等。

有借有還

林煥彰

眼睛,借給我;
耳朵,借給我;
嘴巴,借給我;
心,也借給我;

我,死後都會還。

貓與時間

守著夜，看到孤獨；
守著黑，看到寂寞；

貓，把時間還給時間
牠只喜歡自己。

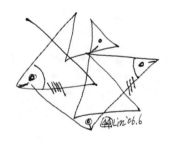

〈詩外〉我對貓的瞭解有限，我看到的貓，就是這樣。（林煥彰）
〈點評〉孤獨與寂寞，是解讀林煥彰這組小詩的鑰匙。少年不知愁滋
　　　味，勇者知懼，禮者知惑，智者知愁。（呂進）

辭職書

人生沒什麼好——
討價還價；

讓阿拉伯的數字，回去
阿拉伯
讓時間，回到時間

我，做我自己的主人。

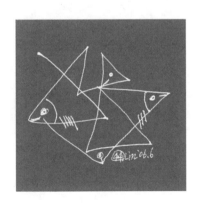

〈詩外〉我老愛想些不可能的事，連辭職時也想出一堆不可能的事。
　　　（林煥彰）
〈點評〉拋卻凡塵，境界全出。（呂進）

有借有還

眼睛，借給我；

耳朵，借給我；

嘴巴，借給我；

心，也借給我……

我，死後都會還。

〈詩外〉我沒有眼睛，沒有耳朵，沒有嘴巴，也沒有心；是嗎？（林
　　　煥彰）
〈點評〉借的是塵世，厭的是塵世，要超越的是塵世。（呂進）

留幾口

吃早餐時，少吃幾口；

吃午餐時，少吃幾口；

吃晚餐時，少吃幾口……

我為我的下一餐，

留幾口。

〈詩外〉詩，反映現實，也寫自己的現實。（林煥彰）
〈點評〉花看半開。「半字哲學」是很高明的人生智慧。（呂進）

我，可以向後轉

蹲下來，
是走到了路的盡頭？

海，沉默著
路，在我走過的地方。

〈詩外〉路是人走出來的，我懂；但我寫的不是這個意思。（林煥彰）
〈點評〉都云詩人癡，誰解其中味。（呂進）

落葉

樹給大地寫情書。

〈詩外〉大地為萬物之母，每片落葉都該親吻大地。（林煥彰）
〈點評〉詩人是給世界萬物重新命名的人。（呂進）

在寂靜的山路上

樹，呼吸的聲音

山，呼吸的聲音

大地，呼吸的聲音

雲，呼吸的聲音

霧，呼吸的聲音

我聽到的聲音。

〈詩外〉在寂靜中聽到的聲音，是我自己的聲音。（林煥彰）
〈點評〉見於無形，聽於無聲，詩人的本領。（呂進）

星星都不睡覺

夏天晚上，每顆星星
都不睡覺；
把自己擦亮，忙著
為我寫情書。

〈詩外〉想得好，也想得美；天下哪有這麼美好？（林煥彰）
〈點評〉對詩人來說，重要的不是世界本來怎麼樣，而是世界在詩人看
　　　　來怎麼樣。（呂進）

椅子看風景

椅子，請坐。
椅子，獨自坐著。

椅子，請坐。
椅子，自己坐著；

看風景。

〈詩外〉在山路上健走，路邊公設石凳沒人坐，我想它在看風景。（林
　　　煥彰）
〈點評〉「獨自」和「自己」是詩眼。（呂進）

影子無所事事

影子從我身上走出來

他，在走路
他，在散步
他，在跳舞
他，在遊戲

影子，無所事事

〈詩外〉早晨健走，在寂靜的山路上，有影子陪伴，也有詩陪伴。
　　　　（林煥彰）
〈點評〉對影成三人。（呂進）

木耳

樹，長出耳朵
聽

寂靜的聲音。

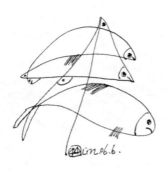

〈詩外〉在山路上，看到樹幹上長出木耳，十分驚喜。（林煥彰）
〈點評〉想像展開詩人的內在視野，沒有想像的詩是難以想像的。
　　　　（呂進）

步步高升

比芒花，更白

我的頭髮，
接近雪，我的鬍子
接近霜

我的心，接近
天堂

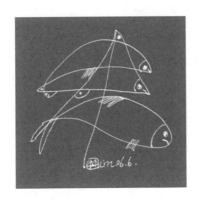

〈詩外〉總得給自己一些好的想法，日子才會好過。（林煥彰）
〈點評〉「白髮三千丈」的李白卻說：「不知明鏡裡，何日得秋霜。」
　　　　（呂進）

鷺鷥隨想

縮起一隻腳，

靜，讓我掂出天地的重量；

縮著一隻腳，不費一分力

將天和地

輕輕舉起，又輕輕放下

〈詩外〉漠漠水田，獨見一隻鷺鷥單腳佇立，孤寂之感特別強烈。（林
　　　焕彰）

〈點評〉宇宙茫茫，天地惶惶，念天地之悠悠，詩人悵然了。（呂進）

林
焕
彰
卷

一棵樹在曠野

一棵樹在曠野裡，站著
一棵樹站在曠野裡，靜靜的
一棵樹靜靜的站在曠野裡，和雲對話

靜靜的，我站在曠野裡
也站成一棵樹；和天地對話。

〈詩外〉我是一棵樹，我希望我是站在寂靜的曠野中，和天地對話。
　　　　（林煥彰）
〈點評〉「靜靜的」言外之聲是孤獨和寂寞。（呂進）

木棉樹的堅持

為了讓大家看得清楚，
它堅持要掉光葉子才開花；

為了表達它對春天的真誠，
它永遠選擇一種不變的顏色。

〈詩外〉堅持與選擇也是一種宿命嗎？（林煥彰）
〈點評〉詩的太陽重新照亮的世界：木棉有了情感和追求。（呂進）

別人的空氣

我呼吸的空氣，
是你吐出來的；

你呼吸的空氣，
是我吐出來的；

我們呼吸的空氣，
不是我們的！

〈詩外〉很複雜嗎？一點也不！我只是實話實說罷了。（林煥彰）
〈點評〉哲趣。（呂進）

張開嘴

渴呀！渴呀！

我張開嘴，
杯子也張開嘴；

渴呀！渴呀！

〈詩外〉真的口渴了嗎？一滴水也沒有！（林煥彰）
〈點評〉嘴渴，心渴？（呂進）

毀滅之前

喃喃自語的人，
充斥街頭巷尾。

發瘋的年代！
發瘋的城市！

街頭巷尾，都是
喃喃自語的人！

〈詩外〉世界變得太快，快得讓人發瘋！（林煥彰）
〈點評〉在發瘋的世界，詩人作壁上觀：清醒而清高。（呂進）

雨聲鳥聲

天暗以後，
我聽到雨聲；
天亮以前，
我聽到鳥聲。

雨聲鳥聲，都是賊
他們偷走我的睡眠！

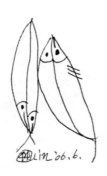

〈詩外〉其實，雨聲鳥聲也是天籟。（林煥彰）
〈點評〉夜來的雨聲與鳥聲奏出的樂章。（呂進）

不能，我就⋯⋯

不能寫詩的時候，
我就學花農，種種花；

不能睡覺的時候，
我就學詩人，寫寫詩；

不能活的時候，我就學
死去的人，好好的死去吧！

〈詩外〉什麼都要學，最壞的也要學。你知道什麼是最壞吧！（林煥彰）
〈點評〉散文反映世界，詩歌反應世界。（呂進）

雨中的三輪車

下雨天，主人躲進屋裡
一排裸露的木椿
一根挨著一根，緊貼著耳朵
傳遞一則秘語

他們說：
今晚，我們集體逃回山裡

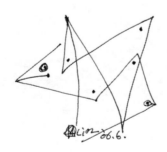

〈詩外〉一則寓言，無意間被雨中的三輪車聽到。（林煥彰）
〈點評〉唯詩人能聽懂大自然的「秘語」。（呂進）

如果妳還未回家

我在路上，
撿到一片落葉；

如果妳還未回家，
我會繞過小溪，選塊
青苔巨石

繼續想妳。

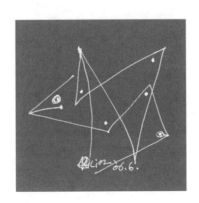

〈詩外〉萬物有情，真誠可貴。（林煥彰）
〈點評〉含情能達，會景生心，體物得神，自有靈通之句。（呂進）

一片葉子和一個人

它是一片葉子,是的
我當它是一首詩,
一幅畫

他是一個人,是的
我當他是一個流浪漢,
一個無家可歸的人

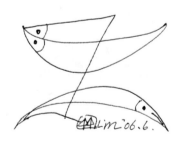

〈詩外〉擁抱仁人之心,對待飄泊流浪的人。(林煥彰)
〈點評〉詩之厚,在意不在辭。(呂進)

燈下

只要留下一盞燈，就可以
夜，雕鑿著
孤寂的心靈。

一千零一夜，疲累的身心
永不疲憊的心靈，伴隨著
搖晃的燈影。

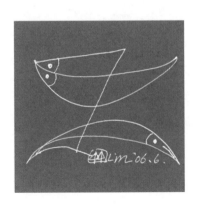

〈詩外〉極卑微的要求，我得到了極大的回報。（林煥彰）
〈點評〉詩永不疲憊。（呂進）

貓想、魚想

貓想吃魚，
魚也想吃貓；

我們大家一起吃；
貓和魚同時說。

〈詩外〉不可能要把它變成可能，這就是創作的法則。（林煥彰）
〈點評〉貓與魚，人生與人間。（呂進）

玉蜀黍
──玉蜀黍，玉叔叔

玉叔叔，很有錢

每顆牙齒都是

鑲金的

他講的話，很有權威

句句都是

閃閃發光！

〈詩外〉從諧音聯想轉化再賦予意義，就寫了這首好玩的詩，是泰北之
　　　旅的額外收穫。（林煥彰）

〈點評〉諧音出詩，古今多多。但這裡的「玉叔叔」卻分外傳形與傳
　　　神。（呂進）

瀑布

山，尿尿了
憋得太久了嗎？

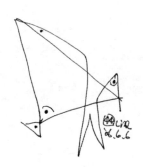

〈詩外〉童言無忌，但求無邪。（林煥彰）
〈點評〉這樣下筆的瀑布詩，沒有見過。奇詩。（呂進）

頑石說

水，從山上衝下來
他要我背他
我請他，
自己走路！

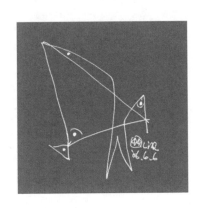

〈詩外〉雨後，在山上看到的一種現象，我寫下對大自然的解讀。（林
　　　煥彰）
〈點評〉頑石被賦予生命與個性。（呂進）

通泉草的秘密

通泉草，吐著小舌尖
她，不是因為口渴；
哪兒有甘甜的泉水，她都知道！

聽，我聽——
聽潺潺的水聲，
從心底流出，大地的知音。

〈詩外〉對植物，我沒什麼知識；我用觀察感悟來理解它。（林煥彰）
〈點評〉祝願人間多一些「通泉草」。詠物詩有兩法：將自身放進詩
　　　　裡，將自身站在詩外。林煥彰的詩皆為詩裡有人。（呂進）

林煥彰卷

太平湖上的倒影

太平山喜歡睡在太平湖裡
太平湖畔的樹也喜歡睡在太平湖裡
太平湖畔的燈更喜歡睡在太平湖裡

太平湖中的小島上的樹林喜歡睡在太平湖中睡覺
　　的太平山裡
太平湖中的樹林裡的鳥兒也喜歡睡在太平湖中睡
　　覺的太平山上的樹林裡

太平湖中的小島上的健行的人更喜歡在睡在太平湖中的太平山上的樹林裡漫遊

附記：

　　太平湖是一座有一百二十多年歷史的湖濱公園；位在馬來西亞北部霹靂州太平市近郊，一八八〇年以前大規模開採錫礦的遺址，是近似天然的人工湖。不遠處有一座山脈，叫太平山，任何時候都可以看到它的倒影；湖的周邊（步行走一圈，需四十五分鐘，約三公里）百年老樹，十多二十公尺就有一棵，長相十分特別；樹幹先是往外長，然後回過頭來，樹枝再往湖面伸展，彷彿一個個有智慧的長者虔誠的彎下腰，親吻著湖面……

　　太平湖的美，美在湖中的倒影；而它的倒影，包括遠處的山，近處的老樹，還有湖中連綿不絕的小島上的樹林，以及每天天未亮之前穿梭在那湖中小島上健行的人們。

　　今年（2007）七月十五、十六兩天，天未亮前，我都在湖上健行一個半小時；第一天，我得到這首小詩。

〈詩外〉多看多想，走到哪兒都可以發現詩。（林煥彰）
〈點評〉不即不離，又即又離。狀難寫之景，如在目前。非是我去尋詩，而是詩來尋我，所以下筆有神。（呂進）

林煥彰卷

博夫卷

博夫，原名樊祥和，字：正榮，號：博夫，祖籍中國江蘇省張家港市。八十年代留學日本，後僑居南美洲，遊歷了30多個國家，現定居泰國Mae sai。曾任亞太國際文化藝術交流促進會會長；泰華新詩學會秘書；現為中國江蘇省作家協會會員；世界文藝出版社總編審；中原書畫研究院高級研究員。出版過長篇小說《圓夢》、《愛情原生態》，小說集《愛　不是佔有》，詩集《路過》，散文集《父親的老情書》，遊記《芭堤雅的夜生活》，以及《中華六十景詩書畫印集》、《世界印壇大觀》、《中國龍典》詠龍篇，以及07年八人合作出版的《小詩磨坊》等多部著作；新完稿的《姓氏文化大典》即將出版。99年導演的電視劇《日出日落》分別在中央電視臺1頻道和8頻道播出。曾在許多國家舉辦過個人藝術作品展，藝術代表作品有象牙微雕萬壽碑、微雕世界名人、毛髮雕刻、金石篆刻等；鋼筆畫、油畫都頗有研究。

丁香花　　博夫

夏天的夜晚
你敞开胸怀
释放诱人的清香

昆虫嫉妒
彻夜议论纷纷

戊子鼠年

鼠咬天開
撣去豬年的積塵

又一條皺紋爬上額頭
劃出歲月的情節

日子沿燭淚滴下
板結為永恆的沉默

〈詩外〉珍惜現在，別等日子過了才發現一事無成。（博夫）
〈點評〉比喻甚佳，故事性強。（落蒂）

中國年

一幅幅護家守門神靈
貼亮百姓人家

一則則傳奇故事
講述遊子酸甜苦辣

〈詩外〉中華民族文化已被遊子們帶到了世界各地。（博夫）
〈點評〉言有盡而意無窮。（落蒂）

春牛圖

老黃牛的叫聲
驚醒冬眠的鄉村
拉著春天走來

一腳深
一腳淺
播下莊稼人一年的希望

〈詩外〉善良、潔白樸素的生活，就是財富。（博夫）
〈點評〉精省洗煉。（落蒂）

寶島台灣

鄭成功的一滴血
大陸的一串淚

遠離海岸的一艘船
在歸途上飄泊

〈詩外〉無論飄泊多遠的船，遲早會歸航。（博夫）
〈點評〉一舉命中要害，讓人三思。（落蒂）

心態

用錢時
從不計較紙幣的發行年代

花開時
咋管它土壤的骯髒與乾淨

作詩時
卻百般挑剔遣字措辭

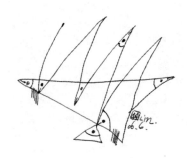

〈詩外〉但願每次回憶，對過去都不感到負疚。（博夫）
〈點評〉觀察細膩，借詩寄意，指涉深刻。（落蒂）

概念

昨天
一張作廢的支票

明天
一張期票

今天
是我唯一擁有的現鈔

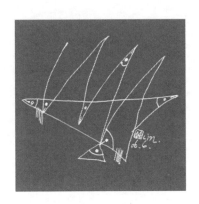

〈詩外〉人，每一步都在書寫自己的歷史。（博夫）
〈點評〉發揮想像力到了極致。（落蒂）

路過磨坊

每當我路過「磨坊」
思緒就被啟動

不經意
被「湄南河」的風
偷走夢藏多年的心語

〈詩外〉任何事情，一旦成癮，就難於自拔。（博夫）
〈點評〉語言清新，意象簡潔，讓人對作者的體悟，頗能心領神會。
　　　　（落蒂）

博夫卷

紅塵顛倒

上帝看破了紅塵
顛倒白天和黑夜

從此
爸爸是小孩
老人成了兒孫

〈詩外〉每一件事都要從多方面的角度來看它。（博夫）
〈點評〉筆如雕刀，刻劃生動。（落蒂）

枕頭上班

凌晨三點去睡
枕頭起來工作了
它說
沒有睡意
乾脆起來幹活

〈詩外〉起五更，睡半夜，文化人都有同感。（博夫）
〈點評〉詩作的意涵，有顯的部分，也有隱的部分，特多想像沉吟的空
　　　　間。（落蒂）

博夫卷

紀念我的父親

（一）汗水

父親的汗水
一半充實飽滿的穀粒
一半蒸成鹹澀的風

（二）鐮刀

父親的鐮刀
一邊收割自己的歲月
一邊磨掉硬朗的脊背

（三）擔子

父親的擔子
一頭載著黃土地
一頭載著全家的希望

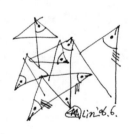

〈詩外〉父親猶如一支蠟燭，從頂燃到底，都是全家的光明。（博夫）
〈點評〉意象生動，用字精準。（落蒂）

父親的脊背　犁的剪影

父親手上的一張犁
在田壠間來回吆喝

翻出多少陳年舊事
訴說著疲勞的農諺

一根能拉直季節的繩索
卻沒能拉直父親脊背上的那張犁影

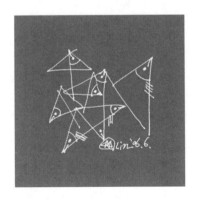

〈詩外〉父愛如山，這是唯一的感恩之言。（博夫）
〈點評〉故事性強而且生動，末句特別讓人無法忘懷父親的形象。
　　　　（落蒂）

小詩的誕生

夜
在一首小詩的誕生中
漸漸地
躲進了
白晝的一條小胡同裡

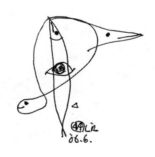

〈詩外〉追蹤著鹿的獵人是看不見山的。（博夫）
〈點評〉餘味深長，給人很多想像空間。（落蒂）

寫詩的年輪

言志
載道
苦思
冥想

錯將青春痘
寫成老年斑

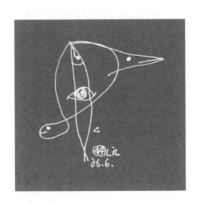

〈詩外〉一生中能留幾首佳作足焉。（博夫）
〈點評〉前面四句普通，後面兩句加上去，生動異常。（落蒂）

我在涼亭煮茗

風
四面八方趕來
帶著一路塵埃
從我歲月的角落
搜尋老頑童的癡夢

〈詩外〉借涼亭的風,舒展老頑童的「詩」夢。（博夫）
〈點評〉寫出歷盡人世滄桑、看遍千山萬水的悟後心境,讓人頗多體
　　　　會。（落蒂）

雪　肆虐回家的路

肆虐的寒
狂妄的雪
把遊子的鄉愁夢
冬眠在回家的路上

特記：2008年春節前夕，中國遭受五十年未遇的雪災，數
　　　百萬名回鄉過年的農民工受困在回家的途中。

〈詩外〉無論遇到什麼困難時，首先要學會自己拯救自己。（博夫）
〈點評〉有筆如刀，把某一時刻的情境，生動的雕刻出來。（落蒂）

青蛙

成功以後
卻忘掉自已的過去

驀然回首
年少的尾巴
攜走了一池曾經的夢

〈詩外〉沒有完美的個人，只有完美的團隊！（博夫）
〈點評〉意有所指，反諷意味讓人思之再三，意猶未盡。（落蒂）

倉庫

寧靜的面具
固執地遮蔽事物的本質

那扇掛著大鎖的木板門
受孤獨的侵蝕
正步入腐朽

〈詩外〉做人必須誠實不自欺，才能臻於至美至善的境地。（博夫）
〈點評〉平凡但有轉折，尚稱耐讀。（落蒂）

回憶童年

牙齒在無序的脫落
咀嚼了幾十年的生命
尤如彩雲悄悄飄過

不再新老交替

風舂雨磑的日子
攏著雙手　回憶童年

〈詩外〉回憶童年是人性的本能。（博夫）
〈點評〉運用平常卻有轉折的生活語言，寫出戲劇性的裂變。（落蒂）

涼亭

不置門窗
是怕風月被你拘束

大開戶牖
讓浪花隨時滋潤我的襟懷

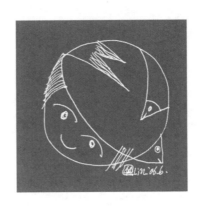

〈詩外〉當自己能夢的時候就不要放棄夢。（博夫）
〈點評〉頗具巧思，信手拈來，乃妙品也。（落蒂）

二胡

家中的二胡
老得成了歷史
只留幾根沒嘮叨斷的花白鬍子
兩條堅忍不屈的神經
被琢磨得
更能吟哦蒼生

〈詩外〉已經很久很久沒有這份閒情逸致去拉二胡了。（博夫）
〈點評〉寫物抒情，借他物表己意，深刻生動。（落蒂）

博夫卷

炎黃子孫
──僑居生涯的感慨（組詩）之五

我不會忘記
如同我永遠不會忘記
我的姓氏

不要碰我的衣角
那裡寫著我祖先的名字

〈詩外〉我祖先的名字叫：中國人。（博夫）
〈點評〉看似平常最奇崛，寫他鄉遊子感慨，深刻動人。（落蒂）

樹椿
——僑居生涯的感慨（組詩）之七

走了很遠很遠很遠
那些淚依然新鮮　而春已老去

既然不配成為一棵野草
那就躲在角落成為一截老朽的樹椿
等你冷時　將我連根拔起

〈詩外〉坦然面對現實，人生不僅需要歡樂，也需要考驗和困難。
　　　　（博夫）
〈點評〉借物抒感，意有所指，感人甚深。（落蒂）

博夫卷

我在小酌
——僑居生涯的感慨（組詩）之八

我和幾位友人在小酌
你在收拾準備出門的行李

一包放了些記憶
一袋裝了些憧憬

結果　洋娃娃帶走了
卻把我丟了

〈詩外〉茶也醉人何必酒，自己選擇自己的路。（博夫）
〈點評〉利用小故事書寫人生百感，展現另一種「他鄉美學」。（落蒂）

孤單

因為孤單
才努力尋找
能擺脫自已孤單的事

一旦找到
才發現
自己變得更孤單

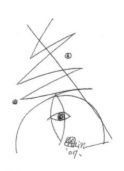

〈詩外〉只要有理想和希望，痛苦也成歡樂。（博夫）
〈點評〉語意有轉折，有意外驚喜。（落蒂）

夢幻女人

是男人的傑作
詩人和畫家塑造的形象

其實
半是女人
半是夢幻

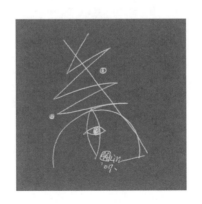

〈詩外〉愛,是人生的第二生命。(博夫)
〈點評〉看似道出,其實未必,想像空間極大。(落蒂)

盲女的愛

在黑暗中
撫摸著一種欲望

十八載的年輪
盤成二圈半鏽的門環
期待著有力的手
把它叩響

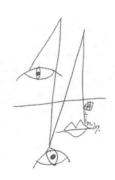

〈詩外〉任何人都有愛人和被人愛的權利。（博夫）
〈點評〉小說性強，叩動人們同情的心弦。（落蒂）

網路情人節

多少人的夢　今天才做醒
多少人的夢　今天才開始

滑鼠和鍵盤沒有知覺
只能把愛獻給網路情人

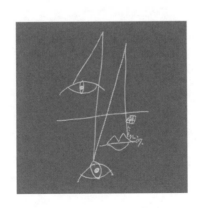

〈詩外〉從開始到結束，是一個認知過程。（博夫）
〈點評〉寫盡當代人的悲涼，感情的荒蕪，讓人心痛。（落蒂）

丁香花

夏天的夜晚
你敞開胸懷
釋放誘人的清香

昆蟲嫉妒
徹夜議論紛紛

〈詩外〉是花都美，但更美的是它包含的香味。（博夫）
〈點評〉從日常生活中提煉礦源，末兩句奇境突出。（落蒂）

故鄉的路

車輪
一圈圈地碾碎了那些憂愁的日子

一雙縫了又補的布鞋
卻走著不知是輕鬆還是艱辛的

一條條雨後的
疙疙瘩瘩的路

〈詩外〉曾經走過的艱辛，成了難忘的記憶。（博夫）
〈點評〉細心經營，讓人對故鄉的路多崎嶇，有極深刻印象，意象語成
　　　　功塑造之故也。（落蒂）

看天

　　沉澱了澎湃的心情
　　我站在大街上看天

　　路人問我為什麼

　　我想
　　天是否在看我

〈詩外〉改變想法，就會改變世界。（博夫）
〈點評〉奇境突出可喜。（落蒂）

今石卷

今石，原名辛華，祖籍中國山東，出生中國海南。現居泰國，為泰國華文作家協會會員。

業餘時間愛好文學創作。寫詩、散文、小說，作品散見國內外華文報刊。

2002年和文友合集出版《湄南散文八家》。

計算器

攀爬

臺階

計算

每一步

從 0 到 9

又從 9 到 0

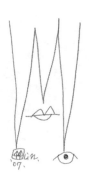

〈詩外〉赤條條來又赤條條去，爭什麼？（今石）
〈點評〉以計算器之攀爬，暗示人生之艱辛，令人印象深刻。（落蒂）

雞冠花

乾著急
憋紅了臉
面對黑夜
沒有嘴

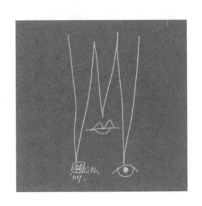

〈詩外〉一些有嘴的，等於沒嘴。沒嘴的，自己在肚皮開個口。（今石）
〈點評〉為雞冠花創造了嘴，暗示詩人表達之心的急切，甚佳。（落蒂）

筆

入孔方兄之門出來
坐得高高地
板著一副臉孔
看人

〈詩外〉還有入衙門滋潤了出來的。（今石）
〈點評〉充滿暗示性，不直接寫出看法，想像空間大。（落蒂）

電話

嘴在空中跑

心在後邊跟

有時帶去火

有時捎去煙

有時提去水

有時捧去花

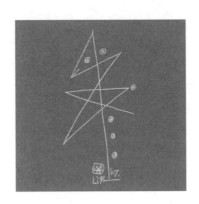

〈詩外〉一員猛虎將，穩坐中軍帳，布下八卦陣，專捉飛來將。（今石）
〈點評〉極寫現代電話之功能，且均能用良好的比喻，生動異常。
　　　　（落蒂）

吃麵

橫空揮起雙竿

盡釣幾條黃鱔

餘下一盤秋鏡

映現五十容顏

抬頭慨歎一聲

擲下二十五銖

〈詩外〉蒼桑已覆半額，驚鴻一瞥夏去也。（今石）
〈點評〉慨歎時光易逝，青春不在，令人動容。（落蒂）

今石卷

君子蘭

千里萬里來尋你
尋到你，一步步
走近你

鐘聲從山上傳來
我讀懂了
花葉上的詞句

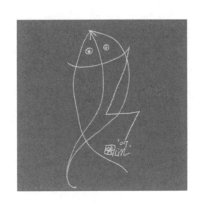

〈詩外〉君子臨，蘭馨降，三夜不睡。（今石）
〈點評〉抓到了詩中最巧妙的一點靈悟慧心，給讀者一種迷人的氛圍。
　　　　（落蒂）

看山

去，在
自己看不見自己

〈詩外〉站不起來，焉能見己乎？見己亦當見別人。（今石）
〈點評〉暗示性強，頗富哲理。（落蒂）

草

牆外的
聽見牆內的
噴水聲
舔舔乾裂的嘴唇

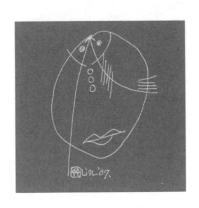

〈詩外〉一牆之隔，相距十萬八千。（今石）
〈點評〉構思玄奇，讓人思之再三，回味空間大。（落蒂）

旗

無風時
醒著
有風時
睡著
打颱風時
夢著

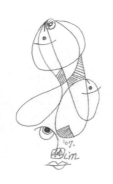

〈詩外〉夜夜打呼嚕，再圓一個夢，福也！（今石）
〈點評〉寫旗的三種姿勢，趣味性強，也留給人想像空間。（落蒂）

今石卷

孤獨

跌入聲光電

一只只轟隆隆

馳過的籠子

裝著一張張熟稔的臉孔

離我很近很近

離我很遠很遠

〈詩外〉養狗的人越來越多了。（今石）

〈點評〉具有無限延伸的力量，讓人讀後不自覺恍惚了起來。（落蒂）

洗臉

二十一世紀中葉
縱橫在我臉上的溝溝坎坎
全被一瓶藥水洗去

一個娃娃走出鏡子
哭著鬧著躺進搖籃
有人遞來尚溫的奶嘴

〈詩外〉人人肯定都還童去矣,嗚呼!誰當保姆?(今石)
〈點評〉故事性強,情節扣人心弦,寫盡繁華老去的失落感。(落蒂)

壁虎

催眠曲奏起
開始工作

一張嘴令它倒了班
在蟬的聒噪中
身體漸漸僵直

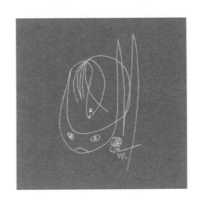

〈詩外〉聽任一張嘴，瘋了多少腦。（今石）
〈點評〉詩中另有所指，反諷意味濃。（落蒂）

嘴

在這個馬廄裡
我認真細心地
馴養馬

該放哪一匹
就放出去
不放，就把門關上

〈詩外〉當年很多人都爭做「好馬夫」。（今石）
〈點評〉以詩展示古往今來哲理，讓人印象深刻。（落蒂）

空氣

大氣層下的隱形客
無處不在的小精靈
今早潑了你一身墨
你逃到南極
蹲在冰雪上
痛哭失聲

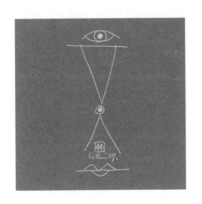

〈詩外〉人跟著也哭了，且哭得最傷心。（今石）
〈點評〉仍然若有所指，讀通後，你會佩服作者的苦心。（落蒂）

摘

在雲雨翻騰的湖上
您和我
共蕩一葉扁舟
濕潤的夜風中
我終於摘下了
一隻肥碩的蓮蓬

〈詩外〉自自然然辦自自然然的事。（今石）
〈點評〉以戲劇手法，表達作者心中所思所感，生動有趣。（落蒂）

今石卷

誕生

隆起的山丘
一個嬰兒
掀開彩布
從洞裡爬出來
遍體通紅

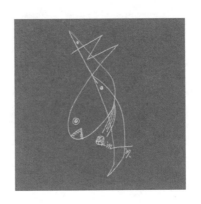

〈詩外〉爬出繼而爬入，這是一個多麼短暫的過程。（今石）
〈點評〉寫生命的短促，具體而生動。（落蒂）

月亮

走下來的雙面鏡

這面裝著今天，那面裝著昨日

都照著夜，照著山，照著水，照著平地

照著花園別墅，照著棚戶蝸居

照著笑靨，照著眼淚，照著春風，照著雨雪

照著您和我

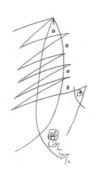

〈詩外〉平常心，心常平。（今石）
〈點評〉看似一段尋常白描，卻能讓人深思回味。（落蒂）

候鳥

那年冷空氣的前鋒也殺入桃花源
水面瑟縮驚悸成一面鏡子
照著自己一雙冰窖般灰白的眼睛

抬頭，伸手。抓不下來
最後一副消失的翅膀

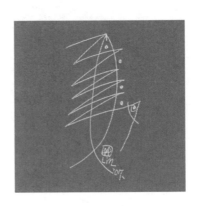

〈詩外〉政治酷寒，連翅膀也飛脫不了。（今石）
〈點評〉以故事來暗示自己的心有所向，頗具巧思。（落蒂）

藤

你的生長法，啟發了多少人？
大樹倒下的一剎那
你可會想到——
當時心甘情願
就在地上盤成一團

〈詩外〉天生一個青雲洞，無限風光在天空。（今石）
〈點評〉構思生動，頗有奇趣。（落蒂）

今石卷

海問

聽到
海鷗的怒吼嗎？
這是
代表我
對岸上的發言！

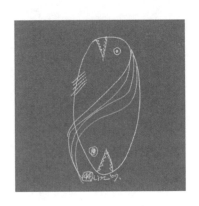

〈詩外〉海已經喊破喉嚨了。（今石）
〈點評〉哲理性強。（落蒂）

書

蠶們都去
啃玻璃去了
吐出新時代的絲
大樹自殺了
掉下一片片葉子

〈詩外〉一片片葉子唱起最後的歌，和大樹走進墳墓。（今石）
〈點評〉很大的推敲空間，內涵十分豐富。（落蒂）

權

緊抱住
這根柱子
舔
柱子倒了
劈掉做箱子
裝下自己

〈詩外〉在裡頭做夢，抱著柱子。（今石）
〈點評〉很有意思的一首詩。（落蒂）

桃子

紅的一面
已滿是喙跡
眾鳥站在頭頂
緊盯住
青的一面

Lin 07.2.3

〈詩外〉肉少喙多，連殼也錐破，仁盡，殼也吞下肚。（今石）
〈點評〉對生命的觀察，十分細心。（落蒂）

今石卷

手機

空中拋來一根鋼繩

緊緊綁住

已經壓扁的神經

解不開的時代

請解下去

〈詩外〉需要一把鋒利的斧頭。（今石）

〈點評〉寫盡了當代人受手機控制的悲哀，逃無可逃的地步，十分無
　　　　奈。（落蒂）

一把椅子

一把椅子
卻伸過來
十個屁股
椅子哭了——
為什麼不把我
做成一張床？

〈詩外〉一張床也盛不下十個屁股哪！該怎麼辦？（今石）
〈點評〉寫盡眾生的悲傷，無可奈何！（落蒂）

今石卷

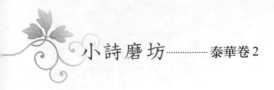

木瓜

不願長在
瓜際關係
紛亂複雜的盤根錯蔓

去高高地長在樹上
一陣狂風飛雨掃來
遍地五光十色碎片

〈詩外〉風雨和夢有仇。（今石）
〈點評〉末句令人意外，莫非作者夢中情景？（落蒂）

太陽

對雲彩的喜惡
現在顛倒過來了
眼不見天下的事
心臟病不犯

〈詩外〉眼不見也犯病。（今石）
〈點評〉有風霜與世故之概。（落蒂）

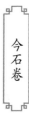

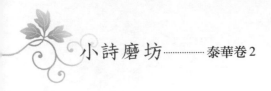

指甲花

一隻蝴蝶舞翩躚
輕輕帶走了愛

十位姑娘披紅頂戴
花轎抬到姑爺家
餵豬，種菜，把秧插
黑了臉蛋，粗了身架

〈詩外〉贈送新娘子一付手套，不讓她難堪。（今石）
〈點評〉寫人生百態中的某一現象，辛酸令人不忍。（落蒂）

校門

伸
不進去
一雙小手

踏
進去
一雙金腳

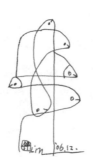

〈詩外〉面對現實，心裡著實痛，想起以前一句話：衙門八字開……
　　　　（今石）
〈點評〉反諷性強，寫來棱角畢現。（落蒂）

今石卷

竹

搖夢有墨滴下

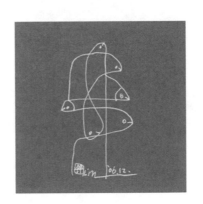

〈詩外〉君子有翰墨緣。（今石）
〈點評〉借墨抒情，欲言又止的人生夢境。（落蒂）

楊玲卷

楊玲，泰國女作者，祖籍中國廣東潮汕，現任職於泰國華文報業。
業餘時間愛好文學創造，寫詩、散文、小說和翻譯泰文作品。發
表於世界日報、新中原報和《泰華文學》等。現任泰華作家協會
理事。
2005年和父親老羊出版《淡如水》文集。

中秋節

楊玲

圓圓的月亮
圓圓的月餅

圓圓的笑臉
圓圓的身影

圓圓的佳節
圓圓的歲月

詩亭

不設門戶
讓風聲笛語自由進出

設桌備椅
讓騷人墨客談詩論文

〈詩外〉詩亭裡有八名磨工期待繆斯的約會。（楊玲）
〈點評〉設想恰到好處，無門戶，無桌椅，最適合詩人墨客的風聲笛
　　　　語。（落蒂）

楊玲卷

小詩磨坊

在小詩磨坊
我用力推磨
將各種生活磨成小詩

在小詩磨坊
我也把自己當成作料
研磨成細細瘦瘦的小詩

〈詩外〉磨字、磨詩、磨時間，更是磨礪生命。（楊玲）
〈點評〉有極短篇的功能，所有的磨都是人生的歷練，都可以成詩。
　　　　（落蒂）

星星呢

淡藍的夜色
把所有的星星都溶化了

清早起來
一顆都沒有

〈詩外〉星星都躲到詩裡去了。（楊玲）
〈點評〉以星星的隱沒，暗示人生的變化，讓人深思。（落蒂）

有別

公司要瘦身
我要減肥

步調一致
結局不同

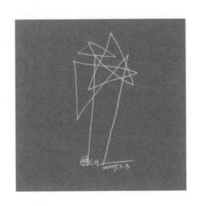

〈詩外〉目的和結果常常是相反的。（楊玲）
〈點評〉設計精巧，很好的極短篇小說詩。（落蒂）

始終

走過千山萬水
你始終走不出我的心

遊歷了全世界
你始終離不開自己的根

〈詩外〉愛心就像你留在故鄉的根那樣堅定不移。（楊玲）
〈點評〉詩中設計如影隨形，此「影子」與主角，形影不離，寫盡此
　　　　「根」之奧妙。（落蒂）

楊玲卷

看世界

我在窗前看窗外的白雲
窗外的白雲在窗前看我

我在看世界時
世界也在看我

〈詩外〉我與世界對視，雙方都常有新發現。（楊玲）
〈點評〉此詩雖有名家寫法，但尚能自成篇章。（落蒂）

醉

懷念
釀出感傷之酒

未飲
先醉了

〈詩外〉詩與人比酒更能醉人。（楊玲）
〈點評〉以醉寫懷念，可見懷念之深。（落蒂）

別離

別離
撕裂我的心

一半隨你而去
一半留在心裡

〈詩外〉心碎了，詩還在。（楊玲）
〈點評〉紙短情長，極寫別離。（落蒂）

讀你

用心讀懂你的詩
用愛讀懂你的心

詩記在腦海裡
愛留在心中

〈詩外〉有愛，又有詩，別無奢望。（楊玲）
〈點評〉以點成篇，完成一個小詩自足的宇宙。（落蒂）

柳 (一)

柳守著堤岸
從不離開

它和堤岸
有千年盟約

〈詩外〉柳是堤岸忠貞的情人。（楊玲）
〈點評〉以柳寫情，足見其情如柳絲依依。（落蒂）

柳 (二)

風中
柳絲輕輕擺動

雨裡
柳枝緩緩搖頭

風雨裡
刻下了柳的風花年輪

〈詩外〉歲月流逝，一切在老去。（楊玲）
〈點評〉寫盡詩人深情，耐人尋味。（落蒂）

臥佛

坐有坐相
站有站相
臥倒睡著算什麼相

佛曰
本無相

〈詩外〉看來菩薩也會累。（楊玲）
〈點評〉以臥佛之坐相站相暗示人生，本也無相妙！（落蒂）

四面佛

面面俱到
有求必應

酒、色、財、氣
慈、悲、喜、舍

佛有四面
香客來自八方

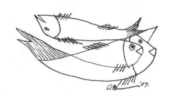

〈詩外〉四面佛應稱四面神，原名「大梵天王」，為印度婆羅門教三大
　　　　神之一。（楊玲）
〈點評〉此詩從前面一段讀起，或從末段往回讀，均十分完足，以佛的
　　　　面面俱到，暗示人生，可以讓人猛省。（落蒂）

詩和夢

你在遠方寫詩
我在近處尋夢

詩中有我
夢裡有你

〈詩外〉你闖進了我的夢裡，我走進了詩的夢裡。（楊玲）
〈點評〉詩裡詩外，兩人的世界，詩實，夢更美。（落蒂）

美斯樂
──泰北之行一

高山　不語
故事太多

大樹　不語
太多故事

孤軍老兵
已經　不語……

〈詩外〉泰北之行，感慨太多，一詩難於敘完。（楊玲）
〈點評〉寫盡泰北老兵之心酸，豈止大樹高山不語，你我亦無言。
　　　（落蒂）

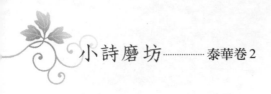

癡纏
——泰北之行三

霧
環繞群山
終日不散

群山
擁抱霧
終日不動

〈詩外〉霧和山癡癡地相愛，令人羨慕。（楊玲）
〈點評〉以霧和山之關係，極寫泰北老兵之心願，至死方休，令人心
　　　　痛。（落蒂）

淚滴

照片中的你
對我微笑

我想擠出笑容
卻擠出一顆淚

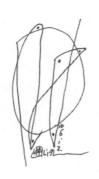

〈詩外〉愛與折磨就像是孿生姐妹。（楊玲）
〈點評〉極寫勉強之傷心，話中有話，留有極大的想像空間。（落蒂）

煩惱

當煩惱纏住不放時
真想回到不相識的
從前

可時光隧道
始終
亮著紅燈

〈詩外〉試著和煩惱共存。（楊玲）
〈點評〉寫無法回頭之痛令人為之扼腕。（落蒂）

電腦和上網

　　我操控電腦程式
　　電腦控制我的情緒

　　我在網路上遨遊
　　網速試探我的耐心

　　我更新博客文章
　　網站挑戰我的神經

〈詩外〉新科技給我們帶來方便，也帶來困擾。（楊玲）
〈點評〉以電腦之運作，暗示人生之禍福，其實很難算得清楚。（落蒂）

髮髮絲絲

華髮為君生
黑髮為己染

三千煩惱絲
絲絲是煩惱

〈詩外〉兩鬢是由煩惱染白的,希望詩再把它染黑。(楊玲)
〈點評〉以髮之暗示情,自是千古悲劇相同。(落蒂)

時間

似調皮的情人
要她留住時
卻一溜煙跑了
要她快跑時
卻賴著不動

〈詩外〉和你在一起總感到時間太短,一分開就感到日子極長。(楊玲)

〈點評〉時間看不見,摸不到,詩人以情人描述它,生動而具體。(落蒂)

中秋節

圓圓的月亮
圓圓的月餅

圓圓的笑臉
圓圓的身影

圓圓的佳節
圓圓的賞月

〈詩外〉為圓月寫一首圓圓的詩。（楊玲）
〈點評〉所有的東西，在中秋節都是圓圓的，有團圓之意，構思精巧。
　　　（落蒂）

眨眼

一位前輩說
眨眼間
花落了　人老了

懇求前輩
眨眼放慢些
我不想太快老去

〈詩外〉有時現實常常不與我的感慨同步。（楊玲）
〈點評〉極寫怕時光飛逝之心境，頗有巧思。（落蒂）

再活一次

用寫作和閱讀
敲響回憶之門

為了
再活一次

〈詩外〉我享受寫作和閱讀的苦與樂。（楊玲）
〈點評〉構思仍甚靈巧，尤以尋常語訴說非常事，好。（落蒂）

孤獨的心

沒有你的日子
只能從記憶中搜尋

沒有你的日子
孤獨的心寄存在詩裡

很想變成一隻彩蝶
悄悄飛進你的夢裡

〈詩外〉由於害怕孤獨，所以寄情於詩。（楊玲）
〈點評〉層層逼進，直入讀者心坎。（落蒂）

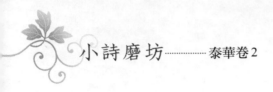

碎了

風
吹亂我的思緒

雨
擊殘我的影子

剩下的我
碎了

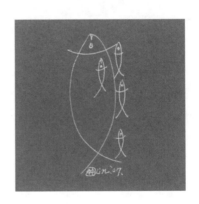

〈詩外〉用詩努力拼起殘碎的我。（楊玲）
〈點評〉以風雨之摧殘，暗示身心之痛楚，具體而生動。（落蒂）

風箏

自從寒風漸起
你像脫了線的風箏
從我的視線飄逸而去

等到春風來時
你又像一隻翻飛的風箏
讓我產生無限的遐想

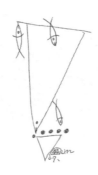

〈詩外〉問風箏，你飛來又飛去，累了嗎？（楊玲）
〈點評〉如說故事，娓娓道來，令人沉醉。（落蒂）

釀詩

用剪刀
剪不斷對你的思念

用梳子
理不順凌亂的思緒

只能吞到肚裡
釀成詩章

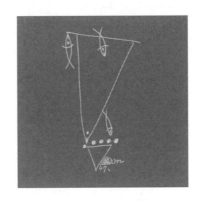

〈詩外〉用思念釀成的詩章發出酸楚味。（楊玲）
〈點評〉剪刀和梳子都是生動具體的意象語，運用得巧而好。（落蒂）

網上文緣

不想知道你的過去
不要猜測我的將來

今天結緣在網上
他日相遇不相識

虛擬空間玄又玄
生活還是需要一點黑暗

〈詩外〉在網上結識的網友，是一種新興起的友群。（楊玲）

〈點評〉以上網暗示人生，人與人之間需要互留空間，餘味無窮。
　　　　（落蒂）

燈下
⸺送給一位走在時間前面的好友

深夜
你還在燈下
與夜空中的星星對話

凌晨
你也在燈下
為曙光拉開了夜幕

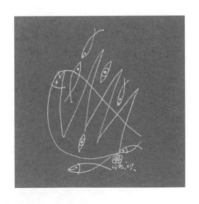

〈詩外〉欲想成功,必須趕在時間的前面。(楊玲)
〈點評〉以燈下兩幕鏡頭,寫盡人生一切奮鬥面相,具體生動。(落蒂)

苦覺卷

苦覺，曾用苦覓筆名；名盧山雲，號盧半僧，盧駝等。祖籍廣西南寧市，大學文化（中國畫系），畫畫寫詩，也寫文也寫書法也篆刻；也做夢，也哭也笑，也醉也醒，也吃人間煙火。

詩歌、散文、散文詩、美術評論等作品，在中國、大陸、香港、臺灣以及東南亞諸國發表，作品入選《二〇〇六中國年度散文詩》。

黑仔電　　苦覓

八月十五
一庭的鄉思熟透了
月光輕輕地一碰
憔情就落了滿地

坐擁下一粒粒粒的枝丫
一粒粒的黑仔電

戊子夏於泰京聽雨草堂

新聞

城市的立交橋下
一隻流浪狗
咬傷了一位流浪漢

一路歎息的風
還要一路歎息

〈詩外〉傍晚，風敲開我的窗戶，帶給我這則新聞。（苦覺）
〈點評〉風急天高猿嘯哀。（呂進）

苦覺卷

柳

站在湖邊
傳統地梳著心事

燕子春風細雨和三月
都是你的青梅你的竹馬

風來了，在湖面上
你就忙著寫情書寫婚約

〈詩外〉三月裡，我常常會收到柳樹派發的春的請柬。（苦覺）
〈點評〉柳如美女自多情。（呂進）

黑閃電

八月十五
一年的鄉思熟透了
月光輕輕地一碰
愁緒就落了滿地

只留下一樹樹枝丫
一樹樹的黑閃電

〈詩外〉樹禿了，明春還可長出新葉，可我的頭髮禿了，永遠不再長
　　　回來。
〈點評〉「熟透」是神來之筆，由此展開詩思。（呂進）

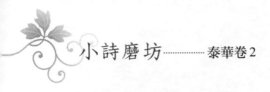

傘

晴天
任禿頭呼應太陽

雨天，傘下
我必須戴上假髮

提防那行，歇後語
算計我

〈詩外〉傳統是把雙刃劍，能傷了黑夜，也可以傷了白天。（苦覺）
〈點評〉其實，無法無天也是一種境界。（呂進）

鴨

破了水暖春江的處女
你就「呱呱」地，
隨處吹噓

忘了
雁是你的最初

〈詩外〉看到鴨的時候，我會想到雁子，可看到了雁子，卻永遠不會想
　　　　到鴨。（苦覺）
〈點評〉吹噓者的來源是無知。（呂進）

復仇

初一
夜把月亮吃了
尚未吃完就飽了

十五
月亮把夜吃了
一點都不剩

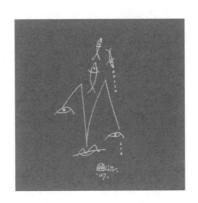

〈詩外〉夜半醒來，我常常錯把床前的月光當作稿紙，在上面寫了不少
　　　　的詩。（苦覺）
〈點評〉這樣寫月和夜，妙趣橫生。（呂進）

出門

今天出門
我忘了洗臉
滿臉淚痕竟沒人發現

人們習慣了
習慣了注意我的衣褲
以及衣褲上的口袋

〈詩外〉下班回家，我才發現自己穿錯了鞋子，左邊白，右邊黑，還好
　　　我不是明星，要不然第二天將會流行起來。（苦覺）
〈點評〉人情似紙番番薄，世事如棋局局新。（呂進）

苦覺卷

忙

即使失業了的人
夢裡，都有工作做
夢裡的工作是不固定的
三百六十行之外
還有三百六十行

馬桶是休息的椅子

〈詩外〉詩人最忙，忙勞力，忙心力，忙找靈感，忙⋯⋯因為忙；所
　　　　以，詩人是個大閒人。（苦覺）
〈點評〉人的異化從來是詩的心痛。（呂進）

影子

你戴著帽子
我卻被曬著
你撐著雨傘
我卻被淋著

晚上，我投奔黑夜
吞你

〈詩外〉影子，其實也有生命，但很少有人去關心它。（苦覺）

〈點評〉國無法則國亂，詩有法則詩亡。這裡的「影子」別出心裁。
　　　　（呂進）

相約雨中

　　自東
　　自西
　　兩朵傘花相向走來

　　近了，更近了
　　有朵花先謝了
　　雨，傾盆而下

　〈詩外〉和女友漫步雨中，我絕不會準備兩把雨傘。（苦覺）
　〈點評〉「雨」別有內蘊。（呂進）

我的家

最好沒有牆
風和陽光來了都不用脫鞋子

在月亮走過的東邊和西邊
種上鄭板橋的疏竹

罈罈陳年的酒
為佛醒，為仙醉

〈詩外〉我的家，小時就已經設計好了，可誰知長大了，那張家的藍
圖，卻被風吹走了。（苦覺）
〈點評〉天子呼來不上船。（呂進）

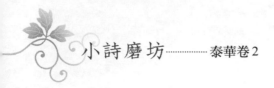
見與不見

他什麼都看得清清楚楚
看春天洗澡看夏天裸睡
看秋天脫衣服看冬天勃起

陽光下
有只綠蒼蠅停在他的鼻尖上
他說，他看不見

〈詩外〉我不喜歡鏡子，鏡子只會模仿，不會創作，儘管，模仿得很
　　　像，跟真的一樣。（苦覺）
〈點評〉遠清近暗，世間常態。（呂進）

貓悟了

風隨手翻了翻三國演義
貓也順便看了看

貓，悟了

抓老鼠時
抓大的，小的就算了

〈詩外〉我看不起《三國演義》，原因是，我看了它無數遍，它卻一遍
　　　　都沒有看我。（苦覺）
〈點評〉至人無法。非無法也，無法而法，乃為至法。（呂進）

海潮

　　外向的海發春
　　澎湃而急而狂而躁
　　於夜的床
　　於柔柔的岸

　　快感之後的黎明
　　留下貝殼和我們

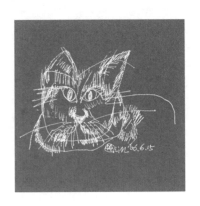

〈詩外〉不管怎麼說，人類都是海的孩子。（苦覺）
〈點評〉工於捕捉特徵，似而不似，不似而似。此為詩人的「海潮」。
　　（呂進）

曇花

好不容易，睜開了眼睛
世界，卻一片黑暗

不如歸去，不如歸去
以，最短的時間
以，最快的速度

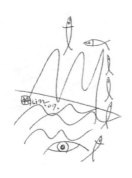

〈詩外〉欣賞曇花開放之後，我總在反省自己，是不是它壓根兒，就不
　　　想看到我？（苦覺）
〈點評〉似花還似非花。（呂進）

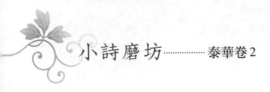

家‧傘

房東的臉色很難看
就像榴槤的皮
腳下是地主們心上的肉
頭上是鳥們的練習場

買把傘吧
傘下，行由我站由我

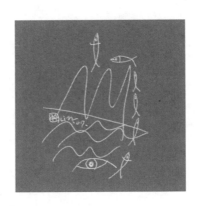

〈詩外〉無家的人，他的家才是最大最溫暖最幸福。（苦覺）
〈點評〉明朝散髮弄扁舟。（呂進）

輕

夜來了
我交出自己沉重的影子

我飛起來了
在夢中
在那條白肚皮的魚
尚未醒來之前

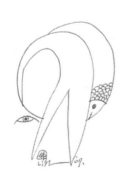

〈詩外〉影子有多重？答案是，石磨負於蟻背一樣。（苦覺）

〈點評〉「這是茶」，不是詩。「如果我是茶葉，你是開水。那麼，你
　　　　的香郁，必須依賴我的無味。這就是詩了。（呂進）

臥佛

醒著睡
臥著
已千年已千年了

沒有開悟的風
常常在我的腳板上搔癢
以為，我還俗了

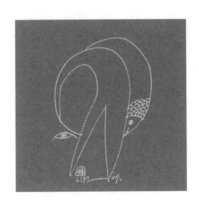

〈詩外〉物體的輕重，不在於它的大或小，重或輕。開悟，不在站或
　　　臥，不在於醒或睡。（苦覺）
〈點評〉苦覺的意象常在意料之外，卻又在情理之中。（呂進）

涼亭

一把詩化了的傘
魔化了的傘
立地之上天之下

讓隨處流浪的風
更像風

〈詩外〉風之所以瀟脫，在於它的家裡，什麼都沒有。（苦覺）
〈點評〉涼亭詩意，詩意涼亭。（呂進）

別

你走的時候,下著雨
我把牆上掛了多年的帽子
給你

在原處的釘子下
我發現,還有頂
取不下來的白帽子

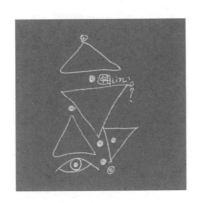

〈詩外〉寫這首詩的時候,那頂白帽子已經跟牆壁融合了,可是,閉上
　　　眼,又看到了那頂白帽子。(苦覺)
〈點評〉天下傷心處,勞勞送客亭,春風知別苦,不遣柳樹青。(呂進)

看海

海邊，有棵椰樹
像人，站著看海

海邊，有一個人
像椰樹，站著看海

那棵樹是我
那個人也是我

〈詩外〉我喜歡看海，海的浪花的花期比曇花的短，但卻一朵接著一
　　　　朵，不停地開。（苦覺）
〈點評〉無理而妙。情出常態，思出常格，形出常規。（呂進）

戒指

那個時候
所有的路口還沒有紅燈

紅燈，是女人的驕傲
一年只亮十二次

紅紅的
就亮在指節上

〈詩外〉彩虹是天空的戒指，雨後才戴。（苦覺）
〈點評〉詩家語務求脫俗。循習陳言，必無佳構。苦覺每有新語。
　　　　（呂進）

夢

我害怕入睡
害怕夢裡的黑夜

在黑暗的夢裡
職業是不固定的
而且沒有時間休息

我很會做夢，天生的

〈詩外〉朋友，請相信！人是由夢的材料組成的。我就是一個上好的例
　　　　子。（苦覺）
〈點評〉日有所思，夜有所夢。（呂進）

燕子

二十四小時
你都在演出嗎
即使夢裡你也沒有卸妝

我知道
你離不開那套燕尾服
一套就是一生

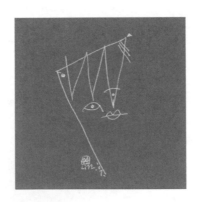

〈詩外〉燕子，一生只有一套衣服，但它的一生，卻多姿多采。（苦覺）
〈點評〉從「燕子」到「燕尾服」，別出心裁。（呂進）

不忍心

夜半，詩把我叫醒
我卻不敢
叫醒燈
叫醒筆
叫醒紙

它們都睡得很甜很甜

〈詩外〉有時，我深夜醒來，卻發現周圍的一切都睡得很沉，而且我已
　　　　聽到了它們發出的鼾聲。（苦覺）
〈點評〉詩人忙何事？心與身為仇。（呂進）

擔心

　　你的手機短信
　　二月二十四日出發
　　七月七日的亥時
　　我才收到

　　我住在兩個情人節的交界處
　　你不放心我

〈詩外〉姑娘，請放心，我只愛你一個，多情的是那封短信，它擁有兩
　　　　個情人。（苦覺）
〈點評〉巧思。（呂進）

冬景

不穿衣褲的山
三點全露的樹
跟
不穿衣褲的風
三點全露的雪
在舞臺上比酷

〈詩外〉朋友，如果你是裁判，你將要給誰加分？請加給山，加給樹
　　　　吧！（苦覺）
〈點評〉短而不促。（呂進）

下圍棋

午夜，我們下圍棋
我執白，你執黑

在你即將全軍覆沒的時候
停電了
棋裡棋外都是你的部隊

我，投降了

〈詩外〉其實，有時候，投降是種另類的勝利，因為黎明會來，白天會
　　　來。（苦覺）
〈點評〉小說家的一篇小說。詩人寥寥幾句，情節，情景，情感，全有
　　　了。（呂進）

一位抽煙者的夜景

一截變了形的煙囪
在鬆懈的夜裡坐著

誇張的嘴艱難地張開又閉上
讓淡白的話走走停停

風，實在看不下去
從遠處扔過來幾聲狗的叫聲

〈詩外〉親手把一顆星星點燃，再親手把它毀滅，據說，這就是悟道的
　　　　最初形式。（苦覺）
〈點評〉如畫。（呂進）

頭頂上有棵樹

小時，大人常常對我說
吞在肚子裡的果核
會在頭頂上發芽長成一棵樹

到了今天，我才相信
我頭上真有棵長了很久的樹
已經開始落葉了

〈詩外〉看得到的樹會落葉會枯，而看不到摸不著的樹，卻永遠綠著、
　　　　活著。（苦覺）
〈點評〉文出正面，詩出側面。全詩沒有出現一次「頭髮」的字樣。
　　　　（呂進）

藍燄卷

藍燄，本名陳少東，祖籍廣東潮陽。1992年開始寫作，作品發表於泰國《世界日報》、《新中原報》、《亞洲日報》、《京華中原聯合日報》、《中華日報》及《泰華文學》季刊。1998年獲泰華作家協會與亞洲日報聯合主辦的「1996年徵文金牌獎比賽」散文亞軍及短篇小說殿軍獎：1999年獲泰國商聯總會主辦的「慶祝中華人民共和國成立五十週年國慶暨泰中建交廿四週年」、「國慶杯徵文比賽」詩歌獎，2004年獲「泰華作協」與「新中原報」聯合舉辦的短篇小說徵文比賽優秀獎。2000年出版《小木船的傳說》文集，現任泰華作家協會理事、《泰華文學》編委。

磨
— 给小诗磨坊

夢凌

告别石与电的眷恋

你以另一种方式诞生于湄南河畔

继　　善美心的驿站

为　　我与你的心愿

时光留下的碎片

自此　酿成蜜浆

眷戀

我誤入禁區
冰原月色，是你明麗的眼眸；

我臥入綺思，
銀河星辰，是你晶瑩的心靈；

拉著丘比特，我守候在一條
通往幸福的路。

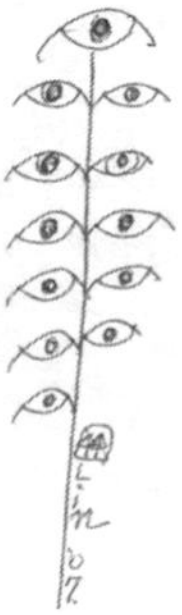

〈詩外〉因為愛，詩，才有所延續。（藍燄）
〈點評〉美麗的路，令人嚮往。（落蒂）

井

不知你有多老
鄉村是越來越年輕

昔日村姑擣衣嘻笑
在童謠中　淡出
如今陪伴你　是
野草脈脈　老榕依依……

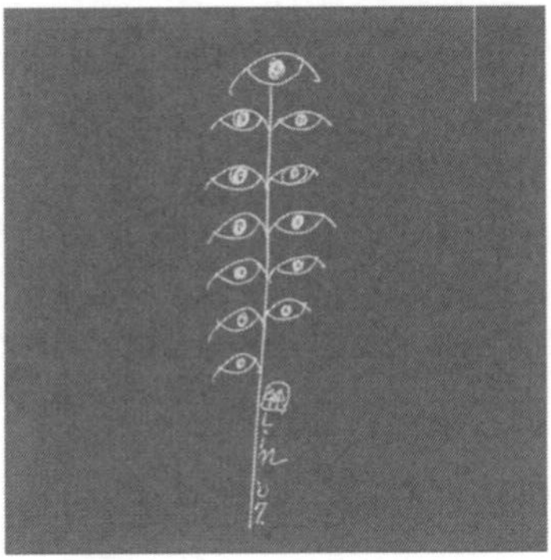

〈詩外〉詩賦予我一種力量，這種力量可以讓時光停留。（藍焱）
〈點評〉寫井邊風情，尚稱有味。（落蒂）

記者

用心
採集世間漂浮的塵埃
在萬花筒中
讓人看
黑　白

〈詩外〉讓世間明亮，除燈的照明之外，還需要愛與無私的奉獻。
　　　　（藍燄）
〈點評〉一語中的，命中要害。（落蒂）

失眠

轉過來

翻過去

壁虎在陰暗的牆上竊笑

陳酒誤以為孟婆湯

落肚之後

忘了現在卻記得了過去

〈詩外〉想睡的時候，卻醒著；想醒的時候，卻睡著。（藍燄）
〈點評〉寫失眠、情景，還算生動有味，可再變化一下。（落蒂）

時間

午夜夢酣
突被耳邊「嘀噠嘀噠」的足音驚醒
急急促促　緊緊張張

生命的苦行僧啊！
你匆匆忙忙
要去哪裡呢？

〈詩外〉以前，曾把你冷落，如今，卻願與你相隨。（藍毯）
〈點評〉時間無聲無息，前半尚佳，後半多餘。（落蒂）

渡

來回於江畔河岸
木櫓搖白了鬢髮
涉足於山坳村野
缽黑黃袍殘

是岸非岸
非岸是岸

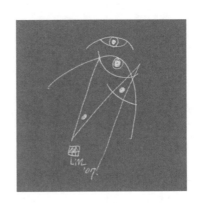

〈詩外〉我曾認為，有魚、有肉、有靈魂才有生命，認識詩之後，我已
　　　　不再這麼認為。（藍燄）
〈點評〉隱含哲理，有讓人深思的地方。（落蒂）

禪

水靜
山動

心空

〈詩外〉自在無礙。（藍燄）
〈點評〉反常合道，頗有禪趣。（落蒂）

夜騷

夜裡
星星
圍著月亮聽故事
青蛙蟋蟀趕不上
急得圍著池塘
呱呱叫⋯⋯

〈詩外〉想像是無限的，詩，在無限的空間飛翔。（藍餤）
〈點評〉寫夜的情景，十分生動。（落蒂）

癡

你有形的門
一直把我
關在門外
我無形的門
一直等著你
進來……

〈詩外〉愛，是一種緣份，我深信不疑。（藍毿）
〈點評〉留有思索空間。（落蒂）

漁夫的故事

撒　一網晨曦
收　一船夕陽

〈詩外〉人生，懂得放與收、收與放，確實不易啊！（藍燄）
〈點評〉撒與收之間寫盡人生，甚佳。（落蒂）

跟山對話

「你靜坐著愁思著什麼？」
泉聲、鳥語讓我聽不到你的聲音
「莫非雲煙害你蒼老？」
鋒刀利斧　讓我聽不到
你的　聲音

〈詩外〉人與自然是一個生命的共同體，假如能為山「止痛」，能幫大
　　　　自然發聲，那我是很樂意的。（藍燄）
〈點評〉是一首生動的環保詩。（落蒂）

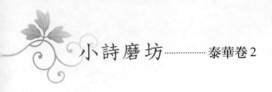

獨離

對不起　司機
我沒準時到達約定的地點
山給我菜
水給我酒
我　醉了

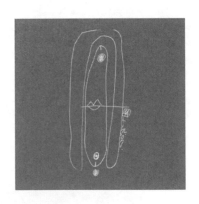

〈詩外〉詩是牧師，我是信徒。（藍燄）
〈點評〉暗示性豐富，可再深思。（落蒂）

蝸牛

放不下呀！

對我來說
家，實在太重

失去它
我將無法生存

〈詩外〉回家吧，流浪於街頭巷尾的孩子，風雨就要來了，爸媽正在家
　　　　等你。（藍燄）

〈點評〉寫實，恰到好處。（落蒂）

雪

你告別南方歸化北國
帶著雲的碎片鳥的羽毛
染白了山川野曠
一切　回歸於
無

〈詩外〉詩的泉源，來自於生活的點滴；詩的靈魂，來自於愛心的奉
　　　獻。（藍燄）
〈點評〉頗有深意。（落蒂）

痛
——悼念「五‧一二」四川大地震之一

「叔叔，快來……救……救我……！」
「孩子，你在……哪……裡……？」

隔著時空
陰陽在較量著

生命在顫抖……

〈詩外〉看著嗷嗷待哺的孩子，心中只有「痛、痛、痛」！（藍燄）
〈詩評〉簡潔生動，意象清晰，感動人心。（落蒂）

哭五月

——悼念「五‧一二」四川大地震之二

風蕭瑟　雨凄涼

寒夜星光碎

落日夕照殘

五月猝死

點支蠟燭

為五月　　守夜

〈詩外〉為四川大地震的災民祈福、祝福。（藍燄）

〈點評〉極寫震災哀痛，且哀痛逾恆。（落蒂）

大愛無礙
──悼念「五・一二」四川大地震之三

生　是什麼

死　是什麼

不知道

腳底下是一條

佛陀走過的路

〈詩外〉向五・一二抗震救災的勇士們致敬。（藍燄）

〈詩評〉撫慰人心，誠摯感人。（落蒂）

風範永存
——悼念「五‧一二」四川大地震之四

我是羅丹再世
也無法塑造你
——流動於血液裡的靈魂

你沒有倒下
你到另一個世界
續寫你粉筆下的　希望

〈詩外〉向五‧一二捨生忘死的老師致敬！（藍燄）
〈詩評〉雕塑典型，雕塑自在。（落蒂）

傘

　　跟你　　手牽手
　　風雨中
　　不捨不離

　　跟你　　頂著天
　　腳底下
　　無怨無悔

〈詩外〉我想，真愛，是經得住風雨的考驗的。（藍礮）
〈點評〉寫傘下人生，合情合理。（落蒂）

童謠

夜是搖籃

老人與海都睡著了

星星和漁火

偷溜到地平線

約會⋯⋯

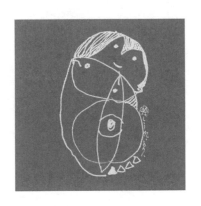

〈詩外〉童真稚趣。（藍燄）
〈點評〉生動有味。（落蒂）

偶得

我　報紙　咖啡
我看報紙
也喝咖啡

看　百年前的故事
在　百年後終結

故事完了　咖啡還在

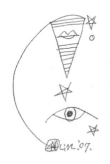

〈詩外〉凡事在彈指之間，不是嗎？（藍燄）
〈點評〉禪意十足，雋永異常。（落蒂）

雨後

狂歡一整夜
累了嗎

芭蕉葉上
兩隻蝸牛
拖著沉重的步伐
尋找昨夜失蹤的孩子

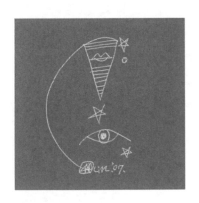

〈詩外〉生存，是一種本能；如何生存，是另一種本能。（藍燄）
〈點評〉餘味無窮，想像空間大。（落蒂）

磨
——給小詩磨坊

告別石與電的眷戀

你以另一種方式誕生於湄南河畔

從　鳥和風的驛站

到　我和他的心頭

時光留下的碎片

自此　釀成蜜漿

〈詩外〉有形，無形；無形，有形。不求擁有，而求「天長地久」。
　　　　（藍燄）
〈點評〉線性思考，少了餘味。（落蒂）

臥佛

濁世紛紛
你乘蓮而來
大地撼動之時
你　臥倒了

是睡是醒　看
善信　香燭

〈詩外〉佛，無所在，無所不在。（藍燄）
〈點評〉平實之作，若分為三段，尚有餘味。（落蒂）

野趣

　　鳥
　　花
　　風鈴

　　鳥唱
　　花舞
　　風　彈琴

〈詩外〉夏日，我躺在海邊的椰子樹下，接受了大自然的賜予。（藍燄）
〈點評〉有點野趣，可再用心。（落蒂）

尋人啓事

親愛的，你在哪裡？

我問花　問草
我問行雲　問流水
我問神仙　問上帝

我也問我

〈詩外〉解決問題，是要征服理由，而不是尋找理由。（藍燄）
〈點評〉從各種角度去想，最後一句如有奇想，成就會不同。（落蒂）

風與雲

你是風
我是雲
你乘載著我
卻讓我在一個美麗的空域
迷失

你　到哪裡去了？

〈詩外〉珍惜情感，不要被情感出賣。（藍毣）
〈點評〉若能換個角度經營，或會有意外收穫。（落蒂）

暗殺

夜雨　下得很大很急
外面像有人敲門
我開門一看
風闖了進來
滅了我書桌上的燭火
揚長而去

〈詩外〉沒有生命的生命，就如詩一樣，都有它生存的方式。（藍燄）
〈點評〉構思奇特，令人驚喜！（落蒂）

荒野拾遺

踏著卵石的孤寂
來到一個被遺忘的角落

殘陽揮別深秋的倦意
荒草叢中
野花牽著蝴蝶
漫步

〈詩外〉我不是畫家，可我想通過詩來領略畫家心靈的境界。（藍黓）
〈點評〉為人生某一情場作畫，生動深刻。（落蒂）

思念

前天　你從我窗口飛過
昨天　你在我窗口歌唱
今天　我在我視窗張望

日子一天天過去
可知我在找你？

〈詩外〉只要是真情，那怕是一絲一點，也值得珍惜。（藍燄）
〈點評〉第一段尚可，最後一段若能製造奇趣，詩味就更濃。（落蒂）

編後記

林煥彰

　　《小詩磨坊》泰華卷第二輯2008年版的編輯過程，前後長達半年，比去年第一輯所花費的心力和時間，幾乎是加倍的；除了每位同仁求好心切，平時就用心寫作、推敲，努力追求更新更好的表現外，由於我提出「短評」的構想，增加不少聯繫、溝通和因此而衍生的困擾，好在每位同仁都能諒解、主動配合，也一一克服，妥善解決；而今終能如期付印，是一件值得欣慰的事。

　　為此，在這裡，我得先向每位同仁表示歉意和謝意；尤其我們召集人曾心，他以其良好的人脈、社會關係，敦請文化界先進：張九桓大使、司馬攻先生、夢莉女士擔任榮譽顧問，羅宗正、張永青、蔡志偉、張祥盛等先生及伍啟芳女士擔任榮譽主席，龍彼德教授、陶然先生、落蒂先生擔任顧問，使我們的陣容更加堅強，能化解更多的難題；還有實際負責聯絡、處理編務的博夫、楊玲，他們任勞任怨、不眠不休的貢獻，對「小詩磨坊」未來發展，展現了群策群力、合作無間的精神，都是我特別要表示感佩的；同時要感謝計紅芳教授為本輯《小詩磨坊》撰寫一篇評論文章，做為代序；而呂進教授和落蒂先生，都是詩人也是詩評家，在百忙之中，排除萬難，為我們撰寫短評，提供懇切建言，具有極大的激勵作用。

【編後記】

從2007年七月出版《小詩磨坊》第一輯之後，我到過大馬、新加坡、印尼、香港、中國大陸等國家地區，都不斷鼓吹詩友創作六行小詩，仿照我們泰華「7加1」模式，成立「小詩磨坊」詩社；現在，大馬、新加坡已相繼組成，並著手進行編輯《小詩磨坊》馬華卷、新華卷，在2008年陸續面世。因此，在這一輯封面書名下方，我們加上「泰華卷」，以示區別，並確定將「小詩磨坊」發展成為華文世界詩壇的一個大家族；這個「大家族」的成員，我正朝向「九大版塊」的組合，台灣、菲律賓、越南等是未來發展的目標。

寫六行小詩的詩人，我稱為「磨工」，也以「磨工」自我期許；「磨工」最重要的精神是：不怕辛苦，不計毀譽，只要盡自己能力，把要寫的寫出來，就問心無愧！每個人有每個人的才具，是不必相比的。

為了想把六行小詩寫好，精益求精，下苦工是必要的；為此，今年年初我寫了一首小詩〈磨工〉：「磨穀子磨麥子／磨米磨麵粉／／磨文磨字／磨心磨詩／／磨日磨夜／磨時間磨生命」用來自勉，也勉勵同仁，希望寫作六行小詩時，無論在內容或形式上，都能以追求新的美學和藝術成就為主旨；自我的要求，是要透過不斷探索，磨出耐性，磨出功夫來。當然，這不會是一天兩天的事；所以，要有自覺和自信。套一句胡適先生的名言，就是：要怎樣的收穫，就先那樣的栽！

（2008.05.29午夜・臺北研究苑）

語言文學類　PG0591

小詩磨坊
——泰華卷②

作　　者/嶺南人　曾　心　林煥彰　博　夫
　　　　　今　石　楊　玲　苦　覺　藍　燄
主　　編/林煥彰
責任編輯/黃姣潔
圖文排版/蔡瑋中
封面設計/陳佩蓉

發 行 人/宋政坤
法律顧問/毛國樑　律師
印製出版/秀威資訊科技股份有限公司
　　　　　114台北市內湖區瑞光路76巷65號1樓
　　　　　電話：+886-2-2796-3638　傳真：+886-2-2796-1377
　　　　　http://www.showwe.com.tw
劃撥帳號/19563868　戶名：秀威資訊科技股份有限公司
　　　　　讀者服務信箱：service@showwe.com.tw
展售門市/國家書店（松江門市）
　　　　　104台北市中山區松江路209號1樓
　　　　　電話：+886-2-2518-0207　傳真：+886-2-2518-0778
網路訂購/秀威網路書店：http://www.bodbooks.com.tw
　　　　　國家網路書店：http://www.govbooks.com.tw
圖書經銷/紅螞蟻圖書有限公司
　　　　　114台北市內湖區舊宗路二段121巷28、32號4樓
　　　　　電話：+886-2-2795-3656　傳真：+886-2-2795-4100

2011年07月BOD一版
定價：330元

國家圖書館出版品預行編目

小詩磨坊, 泰華卷. 2 / 嶺南人等作 ; 林煥彰主編. -- 一
　版. -- 臺北市 : 秀威資訊科技, 2011. 07
　　面 ; 公分. -- （語言文學類 ; PG0591）
　BOD版
　ISBN 978-986-221-781-8（平裝）

839.9　　　　　　　　　　　　　　100011083

讀 者 回 函 卡

感謝您購買本書，為提升服務品質，請填妥以下資料，將讀者回函卡直接寄
回或傳真本公司，收到您的寶貴意見後，我們會收藏記錄及檢討，謝謝！
如您需要了解本公司最新出版書目、購書優惠或企劃活動，歡迎您上網查詢
或下載相關資料：http:// www.showwe.com.tw

您購買的書名：＿＿＿＿＿＿＿＿＿＿＿＿＿＿＿＿＿＿＿＿＿＿

出生日期：＿＿＿＿＿年＿＿＿＿＿月＿＿＿＿日

學歷：□高中 (含) 以下　　□大專　　□研究所 (含) 以上

職業：□製造業　□金融業　□資訊業　□軍警　□傳播業　□自由業
　　　□服務業　□公務員　□教職　　□學生　□家管　　□其它＿＿＿

購書地點：□網路書店　□實體書店　□書展　□郵購　□贈閱　□其他

您從何得知本書的消息？

　□網路書店　□實體書店　□網路搜尋　□電子報　□書訊　□雜誌

　□傳播媒體　□親友推薦　□網站推薦　□部落格　□其他＿＿＿＿＿

您對本書的評價：（請填代號　1.非常滿意　2.滿意　3.尚可　4.再改進）

　封面設計＿＿＿　版面編排＿＿＿　內容＿＿＿　文／譯筆＿＿＿　價格＿＿＿

讀完書後您覺得：

　□很有收穫　□有收穫　□收穫不多　□沒收穫

對我們的建議：＿＿＿＿＿＿＿＿＿＿＿＿＿＿＿＿＿＿＿＿＿＿

＿＿＿＿＿＿＿＿＿＿＿＿＿＿＿＿＿＿＿＿＿＿＿＿＿＿＿＿＿＿＿

＿＿＿＿＿＿＿＿＿＿＿＿＿＿＿＿＿＿＿＿＿＿＿＿＿＿＿＿＿＿＿

＿＿＿＿＿＿＿＿＿＿＿＿＿＿＿＿＿＿＿＿＿＿＿＿＿＿＿＿＿＿＿

11466
台北市內湖區瑞光路 76 巷 65 號 1 樓

秀威資訊科技股份有限公司　　　收

BOD 數位出版事業部

....

（請沿線對折寄回，謝謝！）

姓　　名：＿＿＿＿＿＿＿＿＿　年齡：＿＿＿＿　性別：□女　□男

郵遞區號：□□□□□

地　　址：＿＿＿＿＿＿＿＿＿＿＿＿＿＿＿＿＿＿

聯絡電話：(日) ＿＿＿＿＿＿＿＿＿　(夜) ＿＿＿＿＿＿＿＿＿

E-mail：＿＿＿＿＿＿＿＿＿＿＿＿＿＿＿＿＿＿